虎ノ門物語
木埜 有 著

はじめに

　今は昔……と始まるのは昔話で、本書も昔のお話です。東京は霞が関が官庁街とされ、桜田門から虎ノ門まで広い通りが「桜田通り」。そのまっすぐな道が外堀通りと交わる辺りが虎ノ門と呼ばれています。霞が関の地名がそこで途切れて、先は新橋、右に行くと赤坂という具合。

　このお話が始まる少し前には学生運動が盛んな時期で、赤坂の清水谷公園に集合したデモ隊が虎ノ門交差点当たりで、ジグザグ行進を行い、機動隊に規制されて新橋方向に進んで行った。その後もしばらくはメーデーなどのデモ行進が通る道だった。その交差点には警視庁の交番「虎ノ門交番」があって、一種砦のような構えだったが、今はもうない。長い間水道管の工事などでやかましい工事現場と化していた。

　その角にあった官庁が「文部省」で、今は橋本内閣時の省庁再編で科技庁と一緒にされ文部科学省なる名前に変わっている。昭和の四十から五十年代、若い人たちから見れば「昭和レトロ」だろうか。そんな時代のお話です。

以下は、全くのフィクションであります。無責任な噂話やでたらめを集大成。登場人物になんとなく心当たりがある方もおられるかもしれませんが、それは〝他人のそら似〟というもの。あるいは「オレのことか?」と思われても、それは錯覚です。

目次

第一章　虎ノ門

花のお江戸

さて「物語」なのだから、そこには主人公が必要だ。ということでここに登場いただくのは、昭和四十年代後半にお役所に入ったA君である。

そのA君、地方国立大学を卒業し、四月一日、辞令交付で文部省（現在の文部科学省）の正面玄関をくぐる。やっと社会人第一歩である。古臭い建物だが、風格があるようで、地方では見かけない建物だから、なんだか誇らしいようなくすぐったい気持ちだった。世にいう「高級官僚の卵」になったからであると考えたのだが、後から振り返ると、これが真っ赤なウソと判明した。どちらかというと、今はやりの「ブラック企業」だったのだ。その実情はおいおい判明、明らかにされるのだが、ここはさておいて少しずつお話ししていくとしよう。

由来

ところで、この「虎ノ門」という地名は江戸の昔からあった。その由来については諸説ある。江戸城の南端にあった外郭門・虎之御門に由来するというのが一つ。門は明治六年に撤去されたが、その後も電車の停留所名など通称として残り（今は、地下鉄の駅名）、昭和二十四年、「芝虎ノ門」として正式な町名となった。外郭門の名前は、四神思想に基づいた江戸城の設計計画上、右・白虎の方向に位置するため虎ノ門となったといわれる。歴史は江戸時代にまでさかのぼる。当時は青龍・白虎・朱雀・玄武の四獣神が四方を守るという考えがあり、青龍は東、白虎は西、朱雀は南、玄武は北がふさわしいとされていた。これにちなんで江戸城の西に位置していた門は、白虎の「虎ノ門」と名付けられたといわれている。

他の説では、「千里をゆくとも無事にて千里を帰る」といわれる虎に因んだという説や、門内の内藤家屋敷にあった「虎の尾」という種類の桜の木に因んだという説もある。

内定

さて、前の年、めでたく国家公務員試験上級甲の法律職に合格したA君、慌てて、電車など乗り継いで、ほぼ二日がかりで花のお江戸に到着。そのまま、霞が関の人事院の窓口課に行ったのである。そこで聞いた話には耳を疑った。つまりは「今頃来ても遅い」という。各省庁はすでに「内定」を出しているとのこと。どうしてそうなるのか、後で理解したのは、在京の有力大学（T大のこと）では、一次合格が発表されたら直ちに各省回りを開始。「二次が合格したらいらっしゃい」という人事担当者の約束を得て、二次試験に臨んでいたのだ。条件付き内定である。当時の霞が関の御三家は「大蔵・自治・通産」の各省庁。大蔵省は役所の中の役所として霞が関に君臨、自治省は旧内務省の中心として伝統を維持、通産省は戦後の雄として、東大一番卒を、大蔵とどちらが採るかで優劣を競うありさま。誰が一番かはどうやってわかるのだろう？　卒業式の答辞を読むやつではないのか？（この内定のドタバタの）大学四年の夏に、すでに順位は確定しているのだろうか？

そんな「争奪戦」の中に、地方から出てきた学生は、せいぜいライオンの食べ残した「おこぼれ」をもらうしかない。そこで暑い盛りの八月の日照りの中、広い霞が関の通りを右往左往。うっかり行って「内定」でいっぱいのところで足止めを食ってはムダと考え（なんせ先取特権ならぬ先着優先の世界）、入れてくれそうな弱小（失礼）

官庁の内定を取ってしまうのが利口であろう。そこで文部省と当時のR省に走った。どちらも経済官庁ではないから人気もいまひとつ。R省では、めでたく人事課長らしい人物に会い、その後小さな会議室で局長くらいの年代の数名と面接。聞かれたのが、労働法の中で一番重要なのは何か、というもの。労働三法というのはあったな……ともごもご答えたら「労働基準法だよ」と言われて、心の中では、「どうして労基法が一番重要なんだ？」と疑いつつ退出。「翌日またおいで」と言われて、喜んでいいのか、ちょっと「保留」になっているのか見当もつかない。さて、翌日、文部省の人事課長に会ったら「内定をやるから早く帰ってくれ」と言われて、先に決まった方が良いかなど変な基準で選択した。そして、またまた電車を乗り継ぎ帰る。一方のR省は、もう一度行けば内定をくれたかもしれぬが、そこは運命の神様のみぞ知るところ。あちらに行っていれば今頃どうなっていたことやら、運命はわからぬから面白いといえるけれど。

結果

文部省は全国の大学を所管している。だからというわけか、特定の国立大学（この場合は東大）ばかりを採用するわけにはいかない（人気がなくてそれほど集まらなかったのかもしれない。真相は不明）らしく、合格者も国公私立大学と（合格者数は別に）、まんべんなく存在する。今は早稲田や慶應をはじめ私学出身者もかなりの数の時代となってはいるが当時は稀有な存在。でも、私学も採用すれば、それなりに「公平感」を生んだのだろう。この当時は、蓋を開けてみれば採用者の半分は東大、残りはいわゆる旧帝大と私立が一ないし二名というのが相場だった。今や霞が関の官僚には私大出身は山ほどいるし、女性も少なくない。当時は文部省とはいえ数年に一人。現在はキャリアの半分は女性だとか。隔世の感がある。

エリート論

国家公務員の総合職を「キャリア」と言ったのは前の上級職の時代からだったような気がするが、国民全体に奉仕する「公僕」というのが建前。試験区分も上級、中級、初級と三段階だったから「上級職」は新幹線だとか警察であれば最初から試験なしで警部補からスタートする「エリート」の扱いだった。そもそも明治時代に帝大卒業生が無条件で政府の役人（官員さま）になれた時代があった。その後の試験も「高等文官試験（行政科）」となり、長くこれが続いた。戦後は六級職試験から国家公務員上級職試験となり、現在の「総合職試験」に至る。

だが、度重なる不祥事でマスコミや世間（どこにあるのかわからない空気みたいなもの）に叩かれ、それでも文句も言わないから「水に落ちた犬は打て」となり、うっぷん晴らしが蔓延した。確かに、試験の成績だけでほぼ合否が決まる（面接はあっても形だけ。本番の面接は各省庁が実施する。実質、採用が決まるからそれが最も重要なのは言うまでもない）。だからいわば偏差値秀才を選ぶシステムでしかないが、合格したからといって偉くもなんともないはずなのに、エリート気分になる方が悪い。ただの錯覚だ。

これはおそらく中国の科挙以来の伝統的な考え方が根底にあるのだろう。中国で古くから行われた官吏登用のための資格試験。諸説あるが、広く官吏を登用するという意図によるもので、種々の科目に分かれ、古典の教養、特に経学・文学の才能や学力を試す問題や政治・学術論文が重視されたようだ。しかしその後、作文の内容が経書の暗記など古典知識と型にはまった修辞に傾いた。つまり、歴史や文化に通じる知識が豊かでそれを上手に作文する能力が重視されるようになったらしい。行き過ぎると本来の官吏としての能力とは別になってしまう。しかし、一種の選別システムである以上何らかの試験が必要なのだろう。前提としてその作文能力があればあるほど官吏として政治に携わる資格があるとする考えだろう。

あえて言えば今の公務員試験だって、まさか百メートル競走で合格を決めるわけにはいかないだろう。一定の専門知識や常識ないしは教養試験を課してそれを確認するしかあるまい。しかし、それだけではわからない人柄とか国民に寄り添う気持ちなどは判定の基準がない（面接で変なやつを落とすことになるが、これがあやしい。どこの世界でも、変なやつが混じってしまうのは、面接する方も変な場合があるせいだ)。したがってピンからキリまでいろいろな人が霞が関や虎ノ門に住むことになる。かつて佐々淳行氏が著書に書いていたけど、自分たちは難しい試験に合格して役人になったけど、国会に出てくる政治家は、頭は悪いかもしれないが、国民の投票によって選ばれる。俺たちには絶対できないことだ、という趣旨だった。その意味でエリートは役人ではなく政治家の方だ。偏差値が高いだけでエリートではない。

今時の若い者

令和二年八月二十七日の読売新聞に出ていた記事だが、昨年十一月から十二月に各府省の国家公務員(霞が関の住人)に意識調査したら、三十代未満の男性の七人に一人、女性の一〇人に一人が数年以内に辞めたいと思っているという結果が出たそうだ。今のコロナ騒ぎも含め仕事がハード、国会対応で徹夜、まともな政策の議論がないなどが背景にあるのだろう。昔も同じだったけど、どこかで政府の動きにつながっているとの期待があって仕事していたのですがね。今時だと思うのは(この記事によると)「オンラインでのレクチャーに反対する幹部がいる」(そもそもアナログ幹部だからね)とか、同じ党の議員に(別々に)同じ説明をさせられる。この時間を政策の議論にあてたい」(一人ひとりに説明する方が、政治家は自分が「大物」だと思うのです。小物ほど威張りたい。確かに政策の議論をする時間はほしいね。麻雀やっているよりマシ、検察庁さんもね）。

新人名簿

実は、内緒だと思うのだが、どういう経緯かわからないが、省内に出回っていたキャリアの名簿を手に入れていた。毎年の新人を追加するし、古い人のところは亡くなれば「死去」などと書き込まれていた。人事課の担当者が代わるせいか、年によっては五〇音順の名簿が成績順になっていたが、自分の年次はそうでなくて良かった（高順位じゃなかったので。それにしても点数にすればわずかな差だろうけど）と思ったりしたが、そこまで注意深く見ていた人はいたかな。この表を見ていたら、最初の頃はまともにキャリアの採用はなかったらしいことがわかる。歴史的にも、文部省は旧内務省から人が来ていたようだ。戦後の法律作成は文学部出身者がやっていたんだよ、などと教えてもらったことがある（だから、文学的表現が多かったり間違いがあるなどといわれていたものだ）。

文部省は、教育を司っているせいで、教育学部出身者が少なくない。当然ともいえるが、霞が関ではもっぱら法学部卒が幅をきかす。お隣の大蔵省では、経済学部では主流になれないらしく、早々に辞めて国会議員になった人も多い。一方最近の外務省などは、地方ではあるが旧帝大の阪大や一橋出身者、さらには確か早稲田出身も次官になったりするから開かれた役所というか実力主義というか、外から見てるだけだが、少々趣を異にする。その点、文部省も似たところがないでもない。最近は女性のキャリアも多いし（当時は労働省も女性が向かう先だった）、出身大学も前述のように国公私立いろいろである。昭和四十年代でも、出身学部はもちろん法学部が多いが、経済学部や教養学部、理学部もあり、外国語大出身者まで多士済々。文学部や大学院卒もちらほらだった。そして、大学に入るのに時間がかかった者（つまりは浪人）や、長く大学にいた者（留年）、二つの学部を出た人など入省までの経験も多彩といえる。しかし、省内の人間関係は年齢ではなく、「年次」だけで一種の上下関係が成り立っている。定年の制度ができて今や一定の年齢で辞めなければならないが、かつては、勧奨で（定年以前に）辞める慣行があったから年齢なんぞは関係ないのだ。

入ってきた動機は、純粋に「教育や文化」に関心があったという者もいたが、よそで断られて泣く泣く辿りついた場合もある。この当時の通産省に入ったやつで趣味が写真だったのか「天下りでカメラ会社に行きたい」と言ったピントがずれた者もいたが、さすが天下り先などほとんどない文部省では聞かれない話だ。でもね、この年代は大学紛争世代だから、東大の入試がなかった（つまり、東大卒がいない）年次があった。それで、わざわざ留年して、ごくまれな「東大卒」を目指して入ってきたやつもいて、ずいぶん計算高いと感心したことがある（つまり、東大卒が出世に有利という算段なのだ）。

逆風、逆巻く時代

昭和四十年代というのは、いわゆる五五年体制の時代。五五年体制とはなんだったのか。朝日新聞発行の「知恵蔵」によると、「一九五五年十月、日本社会党はそれまで左右両派に分裂していたのを統一した。同年十一月には自由党と日本民主党が保守合同して自由民主党を結成した。以後、日本政治は、自民党が代表する保守と社会党が代表する革新の対決という構図で展開した。これは米国とソ連による東西対決の代理戦争という性格を持っていた。また、財界対労組の反映でもあった。自民党、社会党の両党は激しく対立する半面、底流では通じ合う癒着構造もつくられた。（後略）」（星浩 朝日新聞記者／二〇〇七年）

当時の文部省は、保守と革新といわれた自民党と社会党の政治的対立のさなかに置かれ、日本教職員組合（日教組）との対決の政策を推し進めているところであった。これは大きくいえば東西の冷戦構造、国内では自民対社会の両党の代理戦争ともいえる状況だった。

後で少し詳しく説明するが、その中で争われた大きな問題の一つが「教科書裁判」

である。当時、文部省にショックを与えたのがいわゆる「杉本判決」である。そもそも、この教科書裁判とは、高等学校日本史教科書『新日本史』（三省堂）の執筆者である家永三郎が、その教科書の検定に関して、政府を相手に起こした一連の裁判のことだ。これは実は三つの裁判に分かれている。昭和四十年に提訴された第一次訴訟、同四十二年提訴の第二次訴訟、同五十九年に提訴の第三次訴訟があり、最後は、平成九年、第三次訴訟の最高裁判所判決をもって終結したものだ。その中で一番衝撃を与えたのが、第二次訴訟の東京地裁判決である。そのときの裁判長の名前をとって「杉本判決」といわれている。内容は国家の教育権を否定し、家永教科書に対する検定を憲法・教育基本法に違反するとしたもので、国民の教育権論を展開して、教科書の記述内容の当否に及ぶ検定は教育基本法一〇条に違反するとした。また、教科書検定は憲法二一条二項が禁止する検閲に当たるとし、処分取消請求を認めた（昭和四十五年七月十七日東京地方裁判所判決）。

当時の風潮は、五五年体制の政治状況のもと、「諸悪の根源は保守反動の政府・自民党」の烙印を裁判所まで認めた、というものだった。その政府の中でも、文部省は思想的に頑迷固陋の保守派であるといわれたようなものだ。こういう流れの中での文部省への就職は、他省庁に比べ人気の点では全く後塵を拝するものだ。でも時代は変わるのですよ。各省庁を俯瞰すると、教育と文化、スポーツというのは前向き感はある。警察は犯罪人が対象だし、厚生省は福祉や病人の課題があり、労働省は組合との戦い、郵政省も全逓という身内の組合をどう押さえるかだった。

「虎ノ門商会」

　ところで、当時の文部省は、自称「虎ノ門商会」などといった。「虎ノ門書房」という本屋の横にあった「パチンコ屋」（「おおとり」という名前。漢字は分からない。「大取り」ではないだろう。実際は「大損」？）で、昼休み時間に熱くなって帰りが遅い職員の呼び出しに「虎ノ門商会の○○さん」と呼び出してもらうときに便利だったといわれていた。本当らしいが真偽のほどは不明。一度、それで、職場になかなか戻ってこない常連の係長さんを呼び出そうという話になって電話番号をさがしていたら、ひょっこり本人が帰ってきたので実際にはやらなかったことがある。このような符丁だが、警視庁は「桜田門」だ。地名からつけるのだろうね。国会や政治関係は「永田町」で通用する。最高裁は「三宅坂」だが（芸術文化振興会や国立劇場も省内では「三宅坂」である）、ほかの省庁についてはあまり聞いたことがない。せいぜい仲間うちで「わが社」などというくらいでしょうかね。

　一般に中央官庁は、「霞が関」といわれ、アメリカでもワシントンの国務省は「フォッギーボトム」（霧の底・谷）という地名で代表される。要するにもやもやしている場所でしょうね。ところが文部省は、「虎ノ門」で、地方の教育委員会等ではこの符丁がわかりやすい。地名は霞が関三丁目。ところで、当時の電話の代表番号は五八一―四二一一だったように記憶している。後ろの四二一一は「死にいい」で誰も使いたがらないと言われていた。今でも、調子のいい番号は売買されるほど人気なのだろうか。逆は、余ってしまうから官公庁などに使わせたのだろう。

ところで、本物の「トラノモンショウカイ」がありました。文字は「虎之門商会」で一字違うが、昭和二十四年設立の株式会社で、洋家具の製造販売修理の会社です。場所は、今は港区東麻布。昔は虎ノ門にあったそうです。知らぬこととはいえ今まで勝手に使わせてもらっておりました。お詫びと感謝を申し上げます。

虎ノ門ランチ事情

虎ノ門の交差点は、渡るとすぐ新橋のごちゃごちゃした飲食店。昼飯に大変便利だった。これが当時の建設省や外務省だとうっかりすると日比谷公園を超えて銀座方面に出ることになる。遠いしランチの価格帯も少し高め。もっぱら省内の食堂を使うしかなくなる。確かに忙しいときには省内の食堂で済ますのが便利。しかし、外務省ともなると日比谷公園を突っ切って銀座に出ていた方々が多いと聞いた。だいたい、昼食時間が二時半までだったりしてビックリしたことがある。始まりが十二時半からだったそうだから無理もないのか、はたまた海外勤務時間のまま、頭（腹具合）が切り替わっていないのか。パリ流などといわれていたが（フランスの昼食時間は十二時三十分からで、ワイン付きでもある）、一種の時差ぼけか。

文部省では、省内の食堂が決しておいしいとは誰も思っていなかった。「隣の芝生」の類いかもしれない。もっとも、官庁街では、農水省は「ご飯」がおいしいとか、当時の通産省は洋食系がおいしいとかいろいろ評判があった。それでも文部省は給食の元締めなんだからと外部の方に評価されていたこともあったと聞く。職員で朝昼晩と三食まかなったツワモノがいて、「よく病気にならなかった」と高く評価された同僚も存在していた。

このあたりのランチ事情はといえば、一斉に外に出るので結構時間がかかったものだ（並ぶから）。手っ取り早いのは、定番の「ラーメン」。それでもおいしいところは混んでいる。今もある霞が関ビルの万世麺店霞が関ビル店の「パーコー・ラーメン」は、もともと秋葉原の肉屋の万世が出したもの。若い人がしっかり満腹を目指すときに重宝。ちょっと早くいけばセーフだがすぐに行列になってしまう。「元祖札幌や」や「ビッククラーメン」などもある。パスタでは「ハングリータイガー」があって、食べ終わったらさっさと出ないと怒られる有名店だ。焼き魚では「よっちゃん」（今はない）があり、ここも親父さんに叱られて終了後急いで退場。食べに行ったのか叱られに行ったのかわからないランチだった。職場の諸先輩と一緒に行ったら、最初は食べるのが遅いと叱られた。学生のときは速度は関係なかったが、東京は食べるのも歩くのも早いと驚いた。また、若い頃はおなかがすくので量が多い方が良かったが、管理職になる頃にはそんなに食べられなくなってきた。当然ながら行く店の種類が違ってきて、往時を思い出した。

ちょっと足を延ばすと、すき焼き屋があったが、廃業して表の方が「マクドナルド」になったのが残念、時代が変わったのを象徴している。東京にはこんなものが存在していたのかと驚いたのは「美人喫茶」というのが路地の奥にあった。お茶が結構な値段で、ホステス（女給）の美人度のプラス分だったのでしょうか。裾までの長いスカートがかえって珍しかった。今や「スタバ」に席巻された喫茶店だが、昼食の後にコーヒーというのも定番のコースで、時間もたっぷりあったことや全部で一〇〇〇円で済んだというのも時代だ（考えてみれば当時の国立大学の授業料が月一〇〇〇円。それから思うと高すぎる）。人それぞれ行ったお店が違うけど、それによって世代が分かれる気がする。赤坂方面から愛宕山、新橋、はては地下鉄の定期を延長して銀座へということもあって、銀座のランチのお得さも実感したことがある。夜が稼ぎ時だけど、昼も遊んでいるよりせっかくの従業員を使って商売、という考えが質の高いランチ提供につながったのでしょう。今は昼休みが短くなって恩恵は少なくなった。

「升本」

いやもう、懐かしい居酒屋。お向かいにある酒屋さん（中央大の商法の先生の実家らしい）が出した店と聞いている。先輩に連れて行ってもらったが、ものすごい喧噪の中で、名物「たこおでん」で酒を飲むのが楽しかった。日本酒の種類は、二種類のみ。一つは「虎ノ門」という名称で多分、二級酒だったと思う。もう一つはちょっと高い「霞ヶ関」。こちらは一級酒（？）どちらも、翌日は、大声で喋ったせいか喉がガラガラで（二日酔いか）頭が痛くなるという結末を迎えるしろものだった。

酒といえば、当時出張先の高知で、飲ませてもらった現地のお酒が添加物なしの純米酒だったのか、大量に飲んだはずだが全く二日酔いにならず、世の中にはこんな酒があるのかと大感激した。ついでながら、「なんとか楼」とかいった老舗のお店で、箸ケンやらを芸者さんに教えてもらって、これで負けたら飲まされ（？）なんと高知は何がなんでも酒を飲ませる遊びの文化だと感心、驚嘆したのである。

もっぱら夜は虎ノ門交差点を渡った新橋界隈が居酒屋の集まった場所で、大方の役所帰りのみなさんは、いろいろななじみのお店を持っておられた（「つくばね」などという焼き鳥屋もありましたね）。そのまま歩いて、新橋駅から電車で帰宅という流れでした。

第二章　東京暮らし

新入生

そういう四十年代の新人たちだったが、面白いのは昭和四十六年度入省の連中。ふたを開けてみたら新入生は半分しかいなかった。逃げてしまった（?）のではなく、半分以上の東大卒の同期が七月まで卒業できない事態となって（東大紛争で授業が行われなくて卒業が三カ月遅れたのだ）、その代わり他大学卒は三カ月余分に働かされた（ことになる。もちろん給料が出たから良いけど）。

採用時にさんざん嫌味を言ったり、採用するのかしないのか精神的に不安にさせた張本人の人事課長の説明を聞いたら、「君らは、少々厳しいことを言ってもへこたれない根性があったから採用した。しかし、仕事は中卒で十分できることばかりだ。大卒で偉いと思ってはならぬ。これから次官室で昼飯を食べるが、（決裁でも）そこに入れるのは何十年も先の話だ。もちろん次官になるのは難しい」との訓示。何をごちそうになったのか忘れた。メモしておけば良かったかな（スマホなんてないから写真も撮れない）。

余談だが、このときの次官は、学者っぽい雰囲気で、英語が堪能。それもそのはず、奥様が日系二世だった。問題は同氏の趣味。これが日曜大工で、机や椅子を作ること。省内の管理職の机と椅子は同氏の設計だった（もちろん、実際に作って供給したのはどこかの業者さんである）。噂によると、この椅子で腰痛になったとか、机の収納が足りなくて書類が山積みで困ったとか。毀誉褒貶があった調度品である。

この次官と一緒に海外出張したことがある。パリでの国際会議だった。同じ便で、当時ＮＨＫの番組で有名だった才色兼備のＭ女史がファーストだったかビジネスクラスだったかに搭乗していて、同じクラスに乗る元次官殿にそのことをご注進したところ、全然知らなかった。もちろん関心もなく浮世離れしていると感心した。会議があったパリでＯＥＣＤ大使だった小和田さんに歓迎パーティで会ったので、当時お妃候補だったお嬢様（現皇后）について話題にしたところ「実は困っていてねぇ」などと言われた。これを外務省の連中に言ったら、「我々は畏れ多くて、決して話題にできない。他省庁だからそんな（バカな）ことが言えるのだ」と呆れられた（省内では大変厳しい上司だったそうだ）。無知ほど強いものはない。

新人のお仕事

さて、「新入生」の仕事は、雑用に始まり雑用に終わる。まともそうなのは、国会答弁などの「清書」。「君、字がきれいで読みやすいよ」などとおだてられて（最初はこの「おだて」に気づかない）、年がら年中「清書」させられた。この仕事の欠点は、誰かが原案を作って上司のＯＫが出るまで次の段取り（清書）に進めないことだ。その上、修正があったり印刷したりの仕事が残る。そうすると当然ながら帰るのが最後になる。上司や先輩は、後はよろしくのひとことを残し帰ってしまうのだ。

予算の時期は、「ガリ版」を切って印刷する仕事もある。これは、間違わないための「読み合わせ」をするのだが、予算時期は寒いので、ストーブなどに温まりながら読むのだが、読んでいるうちに蝋つきの紙の蝋が溶けて全部だめになってしまったという笑えない「伝説」を聞いたことがある。ガリ版印刷は結構コツが必要。筆耕も強すぎると切れてしまうし、印刷時には裂けたり破れたりする。手加減が難しい。印刷する「紙」をさばいて印刷機にかけるのだが、その紙に上手に空気を入れてやらないとくっついてしまいうまく印刷できないのだ。紙は手を切ることもあって結構危ない仕事。かつてはやった三K職場（きつい、汚い、危険）の一つか。

「雑用」の最たるものは、先輩諸氏が国会待機などで残っているときの酒の世話というのがある。ウイスキーの大きなビンがあり、一リットルも入っていたのだろうか、安いうえに尿瓶のような大きさで、そこからコップに入れて水などで薄めた「水割り」を作る。たまにどこかから入手した「ジョニ赤」やサントリーの「ダルマ」があったら超高級だった。後から国産の安酒をいれて気分だけ「ジョニ黒」（ユニクロではないぞ）というのもありだった。日本酒の好きな上司もいると、酒の燗をやかんで作ったという先輩もいた。これは新人には難しい。熱すぎると怒られる。また、翌朝、女子職員に叱られる原因でもある。お茶が酒臭くなるから。

通常、国会待機では誰よりも遅くまで仕事場にいるけれど、まともな仕事はない。その上、新人はいちばん最初に出勤すべしなどという暗黙のプレッシャーがあり、朝一番に出てくる。問題は独身寮が、県境を越えたあたりにあるから、睡眠時間が極端に少なくならざるを得ないのだ。面倒だとばかり「泊まり込む」という手もないわけではない。季節によっては寒いし、布団やパジャマもないのだから、雨露がしのげて「野宿」よりは〝まし〟程度でしかない。

カスタマーハラスメント

略して「カスハラ」。まだ定着はしていないけれど、早い話、苦情対応だ。どの課にも特定の変わった方がくっついていて、いつも電話で苦情を言ってくる。一般から代表番号に電話して、担当課を探して文句を言うのだ。しかし、その前にどの課が対応すべきかで対応の押し付け合いになる。これを消極的権限争いとも言う。そのためいくつかの課にまたがる案件などは「別の課で対応するはず」（時には県や市町村にも回す）といってよそに回すのだ。いわゆるたらい回しというやつだ。さて、決まったらそこの誰かが電話を受け取ることになる。そのため最初はたらい回しについてご意見を拝聴する羽目になる。まともな意見であれば聞いて対応することになるが、嫌がらせやできない事柄の苦情であれば時間を食うだけ。でもこちらが怒ってはいけない。ひたすら相づちを打ちながら聞き続けるのだ。それが何時間も対応しなければならなくなったら、その職員の給与分（税金）が無駄に消費されることになる。

役所で編集のお勉強

少々まともな仕事としては、課（いろいろな課で各種発刊していた）で発行していた広報誌の編集というのを先輩から押し付けられた。「編集」とはいうものの内容は上司が決めており、新人君の出番は、原稿催促とゲラの校正。催促しても書いてくれない上司に泣かされたのは一度や二度ではない。校正は活版だったので、当時の印刷所まで出かける「出張校正」もあった。これは午後早くに終わってそのまま帰宅できる唯一のチャンスで、それだけが一種の役得だった。今ではもうなくなった鉛の活字を見せてもらったり、大きな音で回る輪転機が面白かった。もちろん、出版社の編集者がいてその人たちと仲良くなったことと、字数を数えてページに収める「校正」の技術の習得に役だったことはいうまでもない。もう、今はパソコンだから、さほど特別のテクニックでもなくなったけれど。特に修正などでページが後にずれると鉛の原板から作り変えなくてはならなかったから、印刷工の方々の苦労たるやなまじではなく、以来、原稿を書く立場になったときに行数が変わってページが移動するのをとても気にするようになった。その後、廃刊になったがある雑誌の「編集人」を頼まれたのも何かの縁ではあった。

三年間の最初の課の勤務で、そのうちコピー機が「リコー」の青焼きから「ゼロックス」まで進化したのには驚いた。それでも当初は高価なもので印刷枚数カウンターとやらを使って管理、複写の取り過ぎを管理されていたのも今では懐かしい思い出。局に一つとかせいぜい二つのコピー機しかなく、順番を確保したり、優先権を主張するのも「テクニック」というか「嘘」のつき初めだったかもしれない。

仕事の流儀

少し前に、閣議請議の文章作りで「青枠問題」が出てきて、行革関係の大臣が、そんなバカなことはやめてしまえと言った話があった。これは内閣法制局に提出する書類で閣議決定を求める請議書という書類。ふつうのコピー用紙ではなく青枠と呼ばれる特殊な紙に印刷することになっている（昔はなかったぞ）。そして、この青枠とその内側の文字との間のスペースが五ミリ以下でなければならないルール。これができた経緯もなぜ今まで引き継がれているのか謎だった。そのためこの作成者は余白部分が五ミリ以下になるよう何度も試しの印刷をする。これを持ち込む先の内閣総務官室なる部署には余白を厳密にチェックして、少しでも余白が大きそうならまたやり直しになる。こんな馬鹿げた前例踏襲が行われているだなんて、平安時代の儀式の墨守並の世界だ。どうやら（本物を見たことはないが）枠の外に「日本国政府」と印刷してある特別な紙のようだ。改むるに遅くはないだろう。こういう風習というか改革しないことが、公務員を馬鹿にする風潮の後押しをするんだね。御殿女中どころの騒ぎではない。

紙をなくして電子化

かけ声だけでちっとも進んでいないものに省内や審議会などの文書の電子化があ

る。今の若い人たちは十分慣れているのだろうけど、それをパソコンの画面や電子パッドのようなもので見て、電子決済をすれば効率化できるのでしょうね。しかし、上司が慣れていないからつい紙を要求する。もし多くのものを電子化できたら、例えば国会の大臣答弁だって電子パッドに表示させれば簡単でしょう。完成したら電子メールで即配布ができる。そもそも紙だとたった数枚の答弁資料を幹部や関係部署に配布するため何十部も印刷製本する（こういう作業に高学歴な若者を使うと彼らが仕事の意義を失ってしまう危険がある）手間が全部省ける。それが数十問もあったらどんなに紙を消費するか考えたら良いのだ。しかし、まだまだアナログ世代が上司でいる限りなかなか進まないだろうと危惧する。もっとも電子化しても新たな問題（例えばシニアの大臣や局長などにこの操作を教えるだけで非常な手間暇がかかる。覚えられるかも心配だ）が生じるには違いないのだが。

住環境

大体、国家公務員というのは安月給である。A君の場合確か初任給が三万八一〇〇円。その代わり、住むところはあった。先輩に聞いた話では、寮住まいの独身者が友人と飲み会をやったが、まな板がなく敷居が一応木でできているとかで、そこで肉や野菜を切ったという自慢か貧乏の象徴かわからない話があった。一家四人が六畳一間で暮らしたとか、今では考えられない時代だったようだ。中曽根元総理の話で、政治家になって一軒家に移り住んだけど、相当狭い家だったが、ご自慢だったとか、福田元総理（パパの方）は、海外の賓客を自宅に招いたら、そのお客が家まで来て、「門番の家はいいから、早く総理の家に行ってくれ」と言ったという話が伝わっていた。

地方から出てくると、住まいが問題になる。この点文部省は恵まれていた。若い職員向けの寮など他省庁では少ないが、所管しているのが国立大学だから、その職員の寮の一部を借りる形で地方出身者が入れてもらっていた。一部は大学時代の下宿やアパートにそのまま居続けるというパターンもあった。これは個人主義の発達のためか、共同生活が苦手という人種が増えたせいかもしれない。寮といえば、部屋があるだけ。トイレや風呂は共用。おまけに台所というかキッチン的な場所もあるにはあるが、ほとんど使える時間には帰って来ないのだから意味がない施設だ。その代わり洗濯機（これも共用）は、土日はフルに稼働している。当時は、土曜は半日の勤務だから午後は休みのはずだが、結局は夕方ないし夜まで仕事というのも常態化していたので、本当の休みは日曜だけ。遠いし狭いし寮に入らなくていいなら、そのほうが良いという若手の気持ちもよくわかる。実際問題、夜中の十二時を過ぎて帰ってきたら、風呂は冷めているし、大風呂だが十数人ないし数十人が入った後は、濁って底が見えない。最初はこんなものかと思ったがよく聞いてみたら、なんのことはない、みんなの垢や脂のせい。外で体を洗うだけになるのも無理はない。寮に入りたくないわけだ。

風呂といえば、都下の某市にあった大学の職員寮で、管理人の若い妻が亡くなったことがあり、在住の寮の住人が全員警察の取り調べを受けたということがあった。死因が不明の場合、若い住人（それも男だけ）だから疑われるのも無理もないけど嫌な話である。この寮は、最初は二人一部屋（六畳間）で、その後他に変わって一人一部屋に昇格したのは嬉しかった。おまけに木造から鉄筋コンクリートになったのは、公団団地の時代と同じで住まいのモダン化だったのだろう。さてこの寮を「卒業」するには、結婚するしかない。そうすると家族寮に移ることができた。家族寮といえど、最初はせいぜい四五平方メートルほど。廊下に台所があり（台所が廊下かも）、トイレは当時の列車のそれ（和式で段差あり。今の人は知らないだろう。自慢したくなる）と同じ形状で、今や遺物か博物館でしかお目にかかれないもの。しゃがんでするし、男子用も共用だから、周りに飛び散った。それでも引っ越しは嬉しかった。残った独身者は、年齢が進むと、ついには「牢名主」のような存在となる。異動で地方勤務になって、やっと出られたので「名主」もそこまで。同期入省者は、自宅から通った者以外は、最初に同じ寮に一緒にいたので、なんだか「同級生」のつながりができたような気がした。兵隊の心境と同じか。戦友ですぞ。

通勤地獄

東京の当時の通勤は「痛勤」といわれたくらい大変なもので、ラッシュアワーのすごさは今の時差出勤の前の時代だから、身動きが取れないなんてものではない。二〇〇%以上の乗車率の銀座線だが虎ノ門・赤坂間が都内で最高の詰め込み経路だった。痴漢も出る暇もないときだったと思う。遅くゆっくり出られる身分（出世する必要がある）になりたいと切実に思ったことも何度もある。その代り帰りはさほど混まないが、時間が遅いから、こちらは仕事帰りだが、普通のサラリーマンは一杯やった後で、そういう方々と一緒になって、酒臭い電車で一緒というのは閉口した。逆もたまにはあったのかもしれない。

いっときニュースになって非難されたビールタクシーなどない時代、若手職員が同じ寮や同じ方向の上司などとタクシーの相乗りで帰ることがある。これはラッシュの世界とは全く異なり、快適だが新人ないし若手が最後になり、結構時間がかかってつらい。翌朝の出が一番早いのに一番遅く帰宅するのだ。だんだんルールが厳しくなって午前零時を過ぎないとタクシー券が支給されなくなると、あえて午後十一時半に役所を出るより、なんだかんだ三十分粘ればタクシーということになる。人間同じことを考える人が多く、その時間になったら今度はタクシーを確保するのが大変で、厳しい競争を生んだ。みんな一斉に電話して呼ぶからね。

当時、鉄道のストが多くあって電車が止まってしまうことも少なくなかった。それでも出勤すべしという暗黙の上司の命令があって、なんとなく今日は出られませんと言えない雰囲気があった。無理して歩いたり、回り道の私鉄や地下鉄を使ってようやく職場についたら、まだスト中だからすぐ帰るなんてばかばかしいこともあった。肝試しならぬ根性試しだ。別のときだが、二日酔いで出勤できなくて途中駅から、今日は具合が悪いので帰りますと言ったら、翌日こっぴどく叱られた。這ってでも出てくるものだ、ということ。酒の飲み方も訓練のうちだったかもしれない。「汗と涙と根性」の恐ろしい時代だ。

妻を娶《めと》らば

昔は、おそらく八割以上が「お見合い」だったのではないか。たまに学生時代にすでに結婚していた者も存在した。最近は、恋愛結婚が当たり前になり、お見合いは廃れた。お見合いの前提には、紹介者つまり「仲人」という存在があり、（後年のＡ君も含め）それをしたがる者も少なくなかった。

仕事で早朝から夜中まで拘束されたので、年頃の女性と接する機会は皆無。せいぜい夜中に繁華街の酒の出る場所で、そういう仕事の女性にしか会わない。これは結婚の対象はもちろん恋愛の対象も難しい。

多くの田舎の出身者は、二十代後半からは盆暮れの帰省時には、親や親戚、近所の人を中心にお見合いが用意してあって、半強制的に、少なくとも写真や履歴書を見せられた。実際に親の義理などでのお見合いもあった。これを続けること四九回で、めでめでたく決まったという武勇伝もあった（これはもう「伝説」である）が、それは永遠に破られない記録だと思われる。某先輩曰わく、「当時は結婚するのが当たり前で、お見合いがあったからこそ、自分が結婚できた」と感謝し、退職後は、仲人業というか結婚の紹介に熱心になった人がいた。成功したかどうかはつまびらかではない。

職場の上司の紹介というのは、なかなか難しい。話が来るのは、有り難いことではあるが、その気がない場合は、写真付き書類を渡される前に断らねばならない。見てしまったら「おしまい」である。そろそろ結婚も考えるかという年齢になったら、見てもいい。でも見たら次のステップすなわち実際に「会う」というレベルに行くことになる。それも両方の条件を見て、上司が案配するのだからさほど心配もない。どうしても自分の好みがあって譲れないというときは、さっさと行動し自分で見つけた方が良いのだ。某先輩氏は、あまり気乗りしなかったようだが、上司の課長から書類を渡され、実際に会ってしまってからお断りしたら、実はその話、課長の上のさらなる上司からの話で、関係者一同メンツが潰れたらしい。その後の異動で意に沿わない遠方に行かされた。別名、左遷と言う。本省に帰ってきたらさらなる遠方（海外）への異動が待っており、暗黒の大陸と言われた地だが、実は旧イギリス植民地で高地にあって気候も良く、英国風の生活をエンジョイできたそうな。「災い転じて」の類いでしょうけど、結局ずっと独身を通された。

一方、当時も当然ながら恋愛結婚もないわけではない。しかし先にみたように、相手は省内に限定となる。当然ながら若い年頃の女の子（差別用語か）は正規職員ではなく、いわゆる期限付きのお嬢さんたち。中には、某有名菓子会社の社長令嬢というケースがあり、通勤で外車に乗ってきた。これには驚いたが一種の玉の輿の逆バージョンのお婿さん捜し。貧乏な田舎の秀才には高嶺の花というか臆病風が吹いて接近不可能な状況であった。その後（このお嬢さんの）作戦は成功したかどうかかつまびらかではない。一方、非常勤の娘さんたちも当然、相手探しの目標もあったりする。帰宅時間がずれているので会うことすら難しいがそれでも頑張った場合もあったようだ。あるケースでは二股をかけてアプローチ。こういうのは若干のスキャンダルとなり、気まずい世界が出現する。また、ダブルデートなど重ねたあげく、いつの間にやら二組の「組み合わせ」が変更されて（四人で納得したのか）ゴールインしたこともあったとか。これも省内の男の世界では、いつかは出世競争のあげくの結末が見えるのだから、いささかやりにくい状況が生まれたと想像するところ。人間関係が難しい社内結婚だ。

三年坂の恋

財務省と文部科学省の間の坂を「三年坂」という。そこに千代田区が建てた標識があり、いわく「三年坂《さんねんざか》　この坂を三年坂といいます。『東京名所図会』には〝三年坂は潮見坂の南に隣れり、裏霞が関と三年町の間の坂なり。坂をのぼれば是より栄螺尻《さざえじり》とす〟〝又淡路坂ともいい一に此処を陶山《とうざん》が関という〟とあり、さらに〝栄螺尻、裏霞が関と三年町の間、道路の盤曲する所をさざえしりと呼び虎の御門より永田町に出る裏道なり、曲がり曲がりたる境の名なり、亦此辺鶯多し、因って鶯谷とみえたり〟昭和五十一年三月」。

さて、その名前の由来は「この坂で転ぶと、三年の内に死ぬと云う俗説があったので、〝三年坂〟と呼ばれる様になった」（『新撰東京名所図会』）とあるが、そもそもは三年町の町名に関連していそうだが、どうだろう。

旧庁舎の時代に、ある日、（この三年坂を挟んだ向こう側の）大蔵省から文部省のしかるべき部署に電話があった。お宅の屋上で若い男女がイチャイチャしていて仕事にならない。なんとかしてくれ、というもの。（イチャイチャしたのは）勤務時間だったのか。そのお二人ともキャリアで、まもなく結婚されたそうな。でも、何年か（もしかして三年？）した後、離婚し、旦那は地方周りの勤務となり二度と本省には戻らなかったそうだ。

霞が関では文部省も含め、省内の若い女性（大体は非常勤というか期限付きの方々）が新人キャリアを捕まえる傾向があり、何人かはそれでゴールインした。課の飲み会の終了後、二人で帰ったカップル（変な日本語ですみません）が翌日一緒に出勤し、その後結婚したケースがあったが、彼いわく「全然覚えていないけど、下宿に帰って泊まったら、そういうことになって」しまったそうだ。どうも狙われていたようだというのが課内のスズメの裏情報。既成事実を作られてしまったようだが、いずれにしても後で良い家庭を形成したようでめでたい。かと思えば、ノンキャリアの方が「転勤もなく出世競争もなく安心できる」と結婚したお嬢さんもいる。人生観の持ちようだ。ともあれ、彼女らは結婚すれば主婦になり家庭に入った時代。外務省でも同様な傾向があったらしいが、キャリアに憧れても彼らが相手にしないとかで「社内恋愛」は成就しないらしく、本省にオールドミス（死語）が多くなっていると言われていた。真偽のほどは不明だ。でも結婚したら華やかな海外生活だからこれを夢見るのも当然と言えば当然の話。

これがキャリア同士や他省庁のキャリアの場合は、移動に際して、なるべく同じ地域に赴任させる温情的な人事課だった。果ては外国行きでもそれを実践したのだから偉いものだ。次官会議で顔見知りだから話を通しやすかったという説もある（オレが話をつけたと言った次官もいた）。裁判所も同様な配慮をしている。同じ都市の地裁や家裁に分けて赴任させるそうだ。これも働き方改革の一環か。もっとも未だに片方は単身赴任してくれというのも残っているようだけど。

家庭・子育て

これは難しい時代だった。今でもそうかもしれない。働き方改革などどこ吹く風で、かつての通産省は「通常残業省」といわれたし、今の厚生労働省は「強制労働省」、旧大蔵省は家に帰れないので「ホテル大蔵」だった。

基本的には子育ては奥さんまかせ。果たして夫が何かしても良い子が育つわけでもない。概ね、子供は親に反発するし、親も子供を役人にしようとする者は少ない。子供が非行に走ったり、出世した親に限って子供はダメになったりした例は、元農水省の次官だった人の、息子を殺害した事件でも窺えるところ。親は大体地方の秀才で大して財産もないから、子供に教育を与えることでしか残すものがない。当然東京など、中高一貫の私立学校に入れることが目標になる。これが間違いの原因《もと》かもしれない。親と子供は違うのだけど、それがわからない。でも上手く行く親もいるからややこしい。息子が司法試験をパスして裁判官になったり、某庁のキャリアの専門官になったり、そうかと思えば、医学部に入れたなんていう成功例（?）もある。こうなると、親子はDNAでその能力は決まっているのかと思ってしまう。一種の運命論になる。

第三章　初中局

組織

当時の初中局にはいろいろな課があった。小中高の教育を司っているので、当然、その教育内容や制度に関連する課がある。初等教育課（後に幼稚園教育課が分かれた）、中学校教育課、高等学校教育課、他には職業教育課と特殊教育課などである。今は機能別に組織ができていて「教育課程課」「児童生徒課」「幼児教育課」「特別支援教育課」「情報教育・外国語教育課」「教科書課」「健康教育・食育課」などである。一方、行政や財政に関連するのが、財務課と（今はない）地方課という一見、意味不明な部署である。前者の財務課はまあ、財政がらみだから、小中学校の教員の給与や手当などを設計しつつ都道府県に配る役目と思えば納得。今でも文科省予算の大部分は学校の教員の給与分である。市町村立の小中学校の教員でも、給与と人事権は都道府県にある。その給与の半分は国が支出した。今は国の財政難と地方分権から三分の一になってはいるが。半ば自動的に給与配分の総額は決まるので裁量の余地はなくいわゆる「配慮」も効かない。役所にとってのうまみはないのだ。でも、当時の地方出張では、一番うらやましがられた（予算を配っているからね。官官接待の時代ですぞ）。

これらの課の中には教育課程や学習指導要領にかかわる初等教育課（後の小学校教育課と幼稚園課）、中学校と高等学校の計三つの課が幼稚園から高校までを担当、職業教育課は商業や工業のような実業学校、特殊教育課は養護学校や特殊学級の教育課程などを担当していた。だからおおむね十年に一度の割合でやってくる指導要領改訂は大きな節目の仕事（時には逃げたくなる）となっていた。でも、一度やると学校教育に深く関わり合いができるのと知識経験が蓄積できて良い勉強になる。

他方、地方課というのは良くわからない。当時の事情を顧みれば、長期政権の自民党と対立していたのが社会党で、いわゆる五五年体制と言われる。その野党を支えていた大きな勢力の一つが日教組、つまり日本教職員組合である。組合の力が強すぎて学校現場では管理職が対応に苦慮、それを支える教育委員会も大変。教委と学校の管理職をバックアップし、理論闘争に負けない知識を身につけるための中央研修なども計画された時代。そこでできたのが地方連絡課で、その後の名称変更で短くなったのが地方課である。省内の法学部出身者が集まったそうだ。

かつて有名な課長の一人がおられた。二部屋に分かれており、課長がいるのは部屋の形が三角の形の方。課長席の前を通らないと奥の部屋に行けないつくり。結果、遅刻気味（常習説もあった）課員が、早く出勤している課長の前を申し訳なさそうに出勤したという話や、法律職合格の青二才の原稿をチェックするのに、タイピストのおばさん（今はない日本語のタイプである）に読んでもらって、意味がわからないときは書き直しを命じたといわれる。もっとも普通の人が読んでわからない文章は、いくら法律の知識があって論文が書けても〝不可〟にしたのは一種の見識だろう。後にこの課長氏、局長になった。ところが国会でもめて局長から文化庁の次長に左遷。頭を剃ってお詫びしたという伝説ができた。もとは特攻隊の出身で終戦後、東大に行ったというから優秀かつ胆力のあった方だろう。若い後輩たちからは相当慕われたそうだ。

もう一つ、初中局の課では、特殊教育課がある（今は特別支援教育課）。当時は「教育の原点は、僻地教育と特殊教育だ」と言われた。特に特殊教育の方は、一般の人も多くの職員もこの分野は分からない（当然ながら、省内には、この教育を受けた者がいないのだ。教員は調査官としてこの課に在籍した）。しかし中央官庁に、このような課を持っているということで、職員全員が、自然に障害のある子供たちに向けるまなざしが醸成され、当然にその意義をわかるようになっていたといわれる。入省一年生のキャリアが結構配置されていて、良い勉強になったという。ここでの課題は、障害児の教育の義務化（特に修学が猶予されていた重度の障害児）で、これを実施しようとした問題。これに反対する市民運動のデモが続いて大騒ぎだったが、今から思うとあれは何だったのかである。それと特殊教育の「特殊」を止めるべきだという動きが出始めていた。この用語を嫌う人々がいて、現在は「特別支援」教育となっている（英語では「スペシャル・エデュケーション」なんですが）。用語と共に内容も変化「従来の特殊教育の対象の障害だけでなく、ＬＤ、ＡＤＨＤ、高機能自閉症を含めて障害のある児童生徒の自立や社会参加に向けて、その一人一人の教育的ニーズ」に対応した支援を行うという考え方への転換だ。

中央研修

後述するが、組合対策の一環で全国の管理職の教員の研修会（いわゆる中央研修）をやっていた。そこにかり出されたのが局の若手を中心に、研修の事務手伝いと法律関係の講師役。親ほどの年代の先生たちに法律問題のゼミのような時間に講師をしたのだから恐れ入る。でも専門（法律や行政）の話はこちらの分野だから一応は話ができる。

最初、御殿場の中央青年の家が会場だったことがあり、朝起きたら目の前に雄大な富士山がそびえており、地方出身者としては感動した。今でも忘れられない思い出だ。あちこちになんとか富士という山があるが、本物の迫力は素晴らしい。後に地方に出向したとき、あのときお世話になりましたという校長先生に会ったりしたが、覚えていなくて申し訳ありませんでしたとは、本書の主人公Ａ君の弁。この研修の主催者側の担当だった小学校課の係長さんと仲良くなったのも寝食を共にしたせいかな。オペラ好きでいろいろ勉強になりました。

上司と先輩

最初に配属された課は、多彩な人物があふれるところであった。主な課の仕事は、担当法律などの解釈と地方との連絡。キャリアだらけだったので、雰囲気は学生のゼミみたいなもの。そこで出会ったのが「恐るべき」人々。

最初の課長は、極度の近視で、旧内務省系のご出身。かつての文部省はいわゆるキャリア（これもずっと後から出現した言葉で、当時は「上級職」とかその前の「六級職」などと呼ばれていた。相当古いね）は採用していなかった由。そこで他省庁からの輸入人事が結構あったのである。それに戦後すぐの頃、旧内務省出身の大臣が就任していたこともあって、自治省からの人材が数人おられ、その一人であった。今から思えば敵地に落下傘で降りて、そこで仕事をしろと、片道切符で本社から言い渡されてやってきたようなもの。だんだん文部省もキャリアを採用してきたからやりにくいことだったでしょう。それでも伝統的「人材派遣会社」の旧内務省の自治省だから、結構有能な方々だったと思う。ところでこの課長は、麻雀がめっぽう強くて、ほとんど見えない（極度の近視）にもかかわらず、相手の捨てたパイを当てて「ロン」と上がる。たまに間違いがあって、さすがは見えないときもあるのだと言われたが、ほとんどは全体の流れでどのパイが残っており、それらしいのが出るとわかるらしかった。模様がほとんど同じに見える場合に「間違い」が起こったようだ。相当記憶力がいいのでしょうね。この課長が、新人が入ったら新橋の今はない中華料理に昼飯につれていってくれた。嬉しかったので、A君、課長になったときに入ってきた新人におごったことがあって、これも恩返し。

そのあとに来たのが陸軍大学卒の軍人出身。戦後東大に入り直した課長。こういう経歴だから軍人らしく毅然たるところがある上に、髭をくっていて〝大人〟（たいじん）の風格があった。隣県の教育長から戻ってきたので家はそのまま同県に構えており、雨の日などは長靴で出勤。口の悪い部下は、「道が舗装じゃあないのだろう」（暗に「いなか（もの）」と言いたいらしかった）と言っていたのがおかしい。でも人格者だったね。

さて、課長補佐が三人おり、一人はノンキャリだが、眉が濃く方言が残る鹿児島出身のいわゆる薩摩っぽ。豪快な薩摩男児だった。後の二人はキャリア。後でまたまた上司になったけれど、巡りあわせですね。一年ほどして直接の上司だった補佐は九州へ転勤。東京駅から出発するのに課のみんなで見送りに行ったのだが、今から思うと「大時代」的だ。ホームで万歳三唱した（今だと想像を絶するかも）。教育学部出身の人柄の良い人だったが、新人からみるとえらいおじさんの趣の人だった。

多士済々

係長が多士済々というか特別ヘン。直接の係長は独身。空手部の出身で、怖いもの知らず。やくざには勝つし、おまけに酔うと駅員とけんかして投げ飛ばす。向う傷が絶え間ない感じだった。ある日、新人の例にもれず、早朝出勤していたら、電話が鳴った。通常は、道府県からの電話は、本省の出勤が遅いことを知っているのでそんなに早くはかけてこない。ずっと早い時間だったから何だろうと思って受話器を取ったら、「○○警察署です」と言う。さらに「そちらに○△さんという方は勤めていますか？」と言う。「また何かやらかしたか？」と思ったのである。聞いてみると、交通事故で救急病院に搬送されたとのこと。同僚のノンキャリくんも一緒との話。間抜けな新入生であるA君の返事は「いつかありそうなこととは思っていましたが……」という情けないもの。実際、真相は、酔っ払って寮に帰ろうとし、タクシーを止めるため、手をあげればいいものを、素手でタクシーを止めようとしたらしい。冗談のつもりらしかったが酔っ払っていたし、当然衝突。で、鉄製の車は人間の力では止まらなくて、人間の方が跳ね飛ばされたといういきさつ。この二人それから半年以上欠勤というか回復まで出勤できず、温泉療養まで行った。そのとき、初めて聞いたのが、戦国時代から武家が傷を癒やしたとかいう「下呂温泉」の名前だった。本当に向う傷ができて消えなかったのがこのときのもの。元気な人でした。

この後任の係長も当初は独身。愛煙家でそれもほとんどチェーン・スモーカー。灰皿に煙草を置かずに、机の端に火のついた方を外に置くものだから電話が長引いたりすると当然机が焦げる。それをチェックするのが部下の仕事だった。同じ島の向かい側にいた二年先輩も変わった人物であった。京都の出身で、京都弁で話すのでこちらがわからないことがあった。隣の課からある本を「かってきて」と言われて、自腹を切るのも変だし「いくらですか？」と聞いたら「借りてくるのだ」と言われ、ビックリした。関西方面は借りることを「かってくる」、買う場合は「こうてくる」となる。方言といえば、ごみを捨てるのに「投げる」と言ったら、東北出身の人に「こちらでは捨てると言うのだ」と笑いながら注意されたのも思い出だ。ちなみに雪も捨てるだが、雪を「寄せる」地方もある。さすが本省だからいろいろな人が全国からやってきている。

全国といえば、年度末に出張があって、予算消化ののんびり出張。数人で出かけるのだが真剣なものではないので、地方の実情を見つつ、物見遊山の気分もあり楽しかった。問題は行先。自分の出身県には決して行かせてくれなかった。「どうせ実家に帰るのだからお前は行かなくていい」というおかげで、全く反対方向の九州、四国方面が多かった。当然、数年でそちらは全県制覇した。あらら である。

教科書検定

教科書の定義を探したら、文科省のホームページにあった。いわく教科書とは、「小学校、中学校、義務教育学校、高等学校、中等教育学校及びこれらに準ずる学校において、教育課程の構成に応じて組織排列された教科の主たる教材として、教授の用に供せられる児童又は生徒用図書であり、文部科学大臣の検定を経たもの又は文部科学省が著作の名義を有するもの」という。まあ、しち面倒な定義ですね。「組織排列」なんて日本語か？　誤字のような気もするが、『正法眼蔵』にあるそうだ。

さらに次のような説明があった。

「教科書の種類と使用義務　全ての児童生徒は、教科書を用いて学習する必要があります。教科書には、前述の通り文部科学省の検定を経た教科書（文部科学省検定済教科書）と、文部科学省が著作の名義を有する教科書（文部科学省著作教科書）があり、学校教育法（昭和二十二年法律第二十六号）第三十四条には、小学校においては、これらの教科書を使用しなければならないと定められています。この規定は、中学校、義務教育学校、高等学校、中等教育学校、特別支援学校にも準用されています。なお、高等学校、中等教育学校の後期課程、特別支援学校並びに特別支援学級において、適切な教科書がないなど特別な場合には、これらの教科書以外の図書（一般図書等）を教科書として使用することができます。」

理解しにくいお役所の文章だけど、正確にいうとかようなことになる。最悪は判決文で過不足なく書くとああなるという悪文の例でよく示される。裁判官は悲しくないか？　更に説明は続く。「……戦後の学制改革以前においては、小学校用教科書については、届出制度や認可制度、検定制度などの時期もありましたが、明治三十七年以来、国定制度が採用されてきました。また、中等学校用教科書については、おおむね検定制度が採用されてきました。戦後においては、昭和二十二年に制定された学校教育法において、小・中・高等学校を通じて検定制度が採用され、現在に至っています」。要するに、当初は届け出や認可といった時代から国定の時代を経て戦後の検定となったものだ。

現在の検定制度は、民間の自由な工夫で作成された教科書（案）を行政当局としての文科省が教育課程に適合しているか内容の適切さや難易度など調査、検査して認定する制度で、ある意味、自由と民主的な仕組みといえる。しかし、内容の審査が検閲だと思う人たちには面白くない。戦前の国定教科書に戻るような印象になっているのだろう。

教科書は大事なもので、災害で避難するときに、小学生が自分のランドセルに教科書を詰めて避難した話があって、美談だと思ったけれど、今はどうなのでしょうね。先生の教え方にしても、教科書を丁寧になぞって教えていた時代もあって「教科書を教える」といわれていたが、その後「教科書で教える」と、教科書絶対視から脱却したようだが、実は大人になって見たら、教科書は非常にコンパクトにその分野を説明、理解できることを発見した。もっとも、理系は学問が進歩して全然ついていけませんが。最近は、〇川の日本史とか世界史の教科書が復刻出版されて、書店にも並んでおり手に取ることができて意外や大人に人気らしい。

春の小川

教科書の本質って何だろうか。わかりやすい例がある。

みなさんご存じの「春の小川」という歌があるけど、国語の教科書の検定申請があり、小学生（兵庫県です）の詩が載っていて検定で修正を求められた事件があった。これを某新聞だったか、新鮮な感覚を、検定で認めないというのはどういうことだ、と非難した。それに対し、美術評論家の先生が反論。教科書は〝定型〟を教えるものなで、皆が「小川はさらさら流れる」ということを共通の前提として認識しているからこそ、この小学生の詩がとても新鮮に聞こえるのだ、と述べて、論争に終止符を打ったことがあった。後年、この先生にお会いして話をしたら全然覚えておられず、少々がっかりしたが寄る年波なのだろうか（失礼）。忘れたふりをしていたか？

詳しい話があったので、引用する。

「……それは『川』と題する詩である。『さら さるる びる ぽる どぶる ぽん ぽちゃん川はいろんなことをしゃべりながら流れていく（以下略）』。この詩に対して、文部省が、川は『サラサラ』流れるものだからという理由で不合格にしたと報道され、非常識な検定だと激しい非難を受けた。たしかに、この詩に対して検定意見がついた。検定意見は、文部省の教科書調査官が提示したものでなく、検定審議会の現場代表委員（小学校校長）から出されたものだった。その趣旨は、小学校低学年における擬声音の学習では、まず『サラサラ』など基本的なパターンを身につけさせることが大切で、それを習得して、次の段階に進むことができる。その観点から、この詩は小学校教科書には適切でないという実践経験に基づく意見だった。審議会はこれを了として、この教材を不適切としたわけである。後日、美術評論家の高階秀爾氏が産経新聞（昭和四十六年四月三十日夕刊）に『紋切り型の表現』と題して、次のような文章を寄せた。『（子供の詩の検定について）『文部省は川の音まで押しつけようとするのか』という批判が圧倒的に多く、文部省側はどうも旗色が悪かったようである。それに対して上に引いた小学校の『サラサラ』というのは、一種の紋切り型の表現である。だが、その小学生の詩が、なぜそれほど『新鮮に』感じられるかというと、実は『サラサラ』というもう出来上がった紋切り型の表現があるからにほかならない。（中略）私は、小学校の教科書というものは、まずそのように歴史のなかに定着した紋切り型を子供たちに伝えるのが第一の役割りであると考える。『さら さるる……』が『新鮮なもの』と感じられる感覚を養うためには、まず『サラサラ』を共有することが必要なのである』。この論評が出て、騒ぎは収まった。教科書検定に対する批判は、昔も今も誤解に基づくものが多い」（菱村幸彦「文部科学教育通信」№４１７（ジアース教育新社））。

おさらい・検定訴訟

教科書裁判は、少々複雑でわかりにくい。簡単におさらいしてみるけど、間違っていたらごめんなさい。

昭和四十五年に教科書裁判のいわゆる「杉本判決」が出て、文部省は非常に旗色の悪い時代を迎えたのは、前に書いた通り。この判決は次の通り。

「家永教科書裁判における、一九六七年提訴の第二次訴訟の第一審判決である。この判決では、国民の教育権論を展開して、教科書の記述内容の当否に及ぶ検定は教育基本法一〇条に違反するとした。また、教科書検定は憲法二一条二項が禁止する検閲に当たるとし、処分取消請求を認容した。家永教授（当時）の全面勝訴となった。そのため、科書裁判は家永裁判とも言われるのである。」（ブリタニカ国際大百科事典小項目事典）

実に画期的判決で、学者はもちろん世間も歓迎のムードだった。

一連の裁判が行われたが、第一次から第三次まであって、複雑なので割愛する。ポイントはいくつかあって、教科書検定が、いわゆる「検閲」にあたるかどうか、教育権が親（つまりは親から付託を受けた教員）にあるのか、国にあるのかということだ。一連の裁判は最高裁まで争われ、最終的には、最高裁は「一般図書としての発行を何ら妨げるものではなく、発表禁止目的や発表前の審査などの特質がないから、検閲にあたらない」とし、教科書検定制度は合憲とした上で、原告の主張の大半を退け、家永側の実質的敗訴が確定している。

最終的には検定制度の根幹は是認されたわけだが、一部裁量権の逸脱という判断で国側にも失点があったとして「両成敗」みたいな印象をいだくが、初期はまるで一方的に、文部省が「保守反動」の権化のようなマスコミの扱いだった。しかし内部から見れば、この教科書の検定というのも、実はかなりの間違いや誤字脱字など問題も多く、検定調査官など、まるで校正係だと自嘲する始末。裁判上の論点は多くて数十か所だが、全体での指摘は誤字等を入れると（世間には知られていないが）五百カ所かあったのだ。また一つ一つの文章を虫眼鏡でみればさほどの違和感もなく読めるが、実は根底の歴史観が違っているので、本当は全体としての評価が必要だったと思う（そういう基準がないので難しい）。半世紀後だからいえるのかもしれないが。

教科書の検定と配布

昔は、教科書関係の課は二つあった。検定と配布という業務に分かれていて、その一つが、教科書検定課である。右に見たように、当時は、家永三郎東京教育大教授の教科書裁判の地裁判決（いわゆる杉本判決）の直後で、これがいわゆる進歩的判決といわれ、一方で文部省は保守反動の極みと見られた時代。その歴史観たるや「皇国史観」と呼ばれ、天皇制擁護論だと思われていた。全くの誤解だけど。マスコミのイメージなのだろうか。

もう一つは教科書管理課でこちらは教科書に決まった図書を買い上げ、全国に配布するのが仕事。教科書会社にしてみると、一度「教科書」として決定してしまえば、小学校だと最低六年間は使われる、つまり、何の営業活動もしなくても一定の収益が確保されるから、採択されるまでは熾烈な競争となる。これで昭和三十年代後半には汚職事件まで起きたわけだ（松本清張の『落差』（角川文庫）に詳しい。フィクションだけど、事件をベースにしているらしい）。

教科書調査官の部屋が二つに分かれていて、立派な「暖炉」がついていた。かつての高等官食堂の後だそうで、食堂に身分制度がついて回っていたそうだ。ついでに便所も区別があったそうだが、本当かどうかは知らない。

課長はこれまた自治省出身で豪快かつおおらかな人物。若干の保守反動（?）の雰囲気があり勇ましい発言が多かった。ここで学んだのは、裁判とはいかにも悠長な書面のやり取りばかりで、ドラマの刑事事件の裁判のような派手さがないことだった。係が三つあり、第一係は、社会科が主、第二は、理科、第三は、もっぱら音楽や図画工作と保健体育である。検定審議会というのがあって、その分野には面白い委員がいた。典型は清家清先生（慶應義塾の清家篤元塾長のお父さん）。ある会議で、「昔は国の審議会は楽しみだった」との話で、理由は、物のない時代に、おいしいお菓子が出て楽しめたそうだ。この先生のお宅の設計が有名で、トイレにドアがないこと。家族からは不評だったそうだ。軽妙洒脱な先生で会議の発言が面白かったのは我々の余禄だろうか。担当の教科書調査官も愉快な人で、一高に入れなくて上野の美術学校に入ったそうだ。半分自慢したのかな。

このとき教わった電話の手法は、もう時効だからいいのだろうけれど、黒電話（昔はダイヤル式で指や鉛筆で番号をまわして電話をかけたものだ）で、ダイヤルの九番をまわして元に戻る瞬間に受話器を乗せる部分をたたくとそのまま市外電話が無料で通じてしまうテクニック。当時は課の予算が限られていてこれで電話をかけると省の全体の代表番号に請求がつけられてしまうらしく、貧乏な課には必要な「必殺技」であった。しばらくすると会計課がこれを発見してかようなテクニックが使えないようにしたのには苦笑を禁じ得ない。

スポーツ好き

検定課の係長が関西出身の非常にユニークな人物。なんといってもスポーツマン。毎日、午後五時か五時半となると代々木の水泳プールに泳ぎに行ってしまう。そのまま帰宅するのはいうまでもない。いくら国会待機があってもお構いなし。上司は仕方ない……の雰囲気で、質問が出てもいなかった場合（通常対応するのは係長）、同氏のプール行きを「容認」していた。

ある日、どうして毎日泳ぎに行くのか尋ねたら、「プールで水着のお嬢さんを見るのが楽しい」という返事。その回答から、あまり純粋なスポーツ好きとはいえぬ気もした。彼の結婚話もユニーク。登山が好きで婚約時代に奥さん（になる人）を山に連れて行ったので、体力はついたらしいが、日焼けで真っ黒になったそうだ。もう一つは、彼女と結婚したとき、（どういうわけか結構几帳面な人物で）今までつけていた日記を新居に持ち込んだ。ところがそこには学生時代付き合ったガールフレンドとの交際の様子が細大漏らさず書き込んであり、それを「消す」のに、単純に相手の名前部分だけをマジックインクで消したという。ところがご存じのように「マジック」は透かして見ると読めてしまう。名前だけ消しても各種の「行為」は歴然。当然奥さんが読んで「激怒」したとか。これを教訓として教えてくれたのは、珍しく職場に残っていたある日の国会待機のときか予算編成のときだった。

裁判裏話

本業の裁判の方は、もっぱら準備書面作りばかりで、実際に裁判所に出かけた記憶はほとんどなかった。裁判は時間ばかりかかって、華々しい判決が出たときでなければ、もっぱら法律書と書面作りの原案書きの下働き時代となる。それでも面白かったのは、国の裁判は被告になると、法務省が前面に出てきて、訟務部の検事さんとの付き合いだった。当時の担当検事の出身が文学部だというので驚いたのだが、法務省も

「教科書裁判」だから「文学部」出身者が良いだなんて、いかにも安易な人事だと思った。それでもこの検事さん、なかなかよくやってくれた。というのもこちらは途中で別の課に移動となったので後はわからないのだが、一部勝訴したこともあったのだから。

意外なことは、判決後に「内々で」裁判長から、世間の評判を聞いてほしいと話があったこと（裁判官は新聞も雑誌も読まないのか。浮世離れしてます）。裁判所も自分の書いた判決の評価というのを気にするのかとちょっと驚いた。その点では役所も裁判所も同じだと思った。もっともこれは、国が勝訴したときの話で、反対に敗訴のときは何のリアクションもなかった。もしかすると原告の方に聞いたかも（冗談）。

当時の検定課で、先述の課長氏が異動したら、課長補佐がそのまま補佐から課長に昇格した。非常に珍しいケースで普通は同じ課で昇進はしない。当初、「課長」と呼びにくかったのは、補佐時代はたいてい「〇〇さん」と言って呼んでいたせいだ。急に「課長」と言うのも言いにくい。そのうち慣れたけれど。当人は最初から言ってほしかったようだがこちらも若気の至り。どうもすみません。今頃言っても時効ですね。同じ課での昇進の理由は、教科書裁判のベテランということで、ほかに人がいなかったせいだ。それだけ有能な人材だったということだ。通算、補佐から課長と五年くらい担当したのではないだろうか。稀有な例の一つでしょう。文章がうまくていろいろな技術も教えてもらったのはありがたかった。文章は短く、体言止めの活用やら、同じ終わり方をしないとか（今でも、師匠に及ばないのが残念）。「名手」でした。当時も結構その分野では売れっ子作家。いろいろな教育雑誌などに執筆、原稿と税金に追われて「自転車操業」だと言っていました。今もときどき書かれているようです。

教育委員会考

戦後の教育制度改革の中で、現在の形になったが、最初は委員の公選が行われたが、左右の政治的対立が持ち込まれて混乱が生じたのだ。それが要因の一つで、首長の任命制に変わっている。その後、いじめ事件の対応が求められ、委員会方式で会議のたびに集まって協議する方式では不十分ということと、責任の明確化や迅速な行政などを目指して、教育長を教育委員長にする現在の形になった。

このように制度は、少しずつ変化してきているが、地方の教育委員会の政治的中立に関しては議論がある。政治的中立性を確保するという観点から、アメリカ式の行政委員会の委員会方式になっている。しかし、教育長や委員の任命権が首長にあること、事務局職員の人事も地方公共団体の人事の一環として行われていること、予算の決定権が知事や市町村長部局にあるということで、結局、人事と財政の権限を持たないと中途半端にならざるを得ない。

似たような例が、司法制度で、三権分立とはいいながら裁判所の独立など実際は確立していないのではないか。特に最高裁長官などの人事権は内閣が持ち、財政は結局財務省の予算の査定の下にある。これでは十分な権力の分立とはならないのが現実の姿ではないだろうか。行政寄りの判決が多い理由の一つと言われても仕方ない。

教育委員会の政治的中立についても、中央政府のレベルでは、教育は文科省のもとにあり、これは内閣の一員である文科大臣がその任に当たっているわけで、知事や市町村長の立場からすると、身近な地方自治の一つである教育に、何の権限もないのはおかしいという議論が生じるのも当然といえるのではないか。地方の教育行政と虎ノ門の両方を見て愚考するのだ。

御殿女中論

文部省への「悪口」の一つに「『御殿女中』のようだ」というのがあった。教育や文化が所管だから、高級というか高貴なイメージもするが一方で融通が利かないし、権威主義で変化を恐れる役所ということかもしれない。

「御殿女中」の意味は、大辞林によれば、「①江戸時代、宮中・将軍家・大名の奥向きに仕えた女性。行儀見習い等のために仕えた者が多い。奥女中。②嫉妬深く、人を中傷する底意地の悪い女をたとえていう語」とある。直接はつながりそうもない意味合いだが、「権威をかさに着て実質何もやらない、前例主義の役所」のようなイメージが連想されたのか。若干、不名誉かつ嫌みな感じだ。

しかし、それも無理がないと思えるのは、特に初中教育の場合、教育の方針や目標、教える内容など簡単に変わることが難しいことがほぼ大部分だから、例えば教育課程なども十年くらい経たないと変えられないのだ。新しい教育課程が実施に移されるまでには、前の教育課程を検証し、次に取り入れようとする新しい内容を実験校で試験し、問題をクリアしながら、内容を検討する。そして審議会にかけて広く意見を聴取した上で、成案とし、いろいろな過程を経て、省令として公布、施行する。その後、これを県レベル市町村レベルで伝達し、やっと各学校での教育に反映していくことになるのだ。そうなると一年や二年では済まない。だいたい十年単位の仕事となる。これと連携しながら作成されるのが教科書である。九年間の義務教育とその後の高等学校の教育につながっていくのだから完全に普及し効果が分かるのは膨大な時間を要する。また、学校には生身の子供たちがその影響をもろに受けるわけだから、「実験」が効かない現場なのである。間違った場合の弊害が大きい。そして根底にいわゆる「教育は百年の計」だという考えが生まれる。簡単には変更できないと言う考えが根ざすわけだ。これを別の言い方をした先輩がいた。いわく「教育は、戦艦大和だ」という。つまり、今舵を切ってもその効果が出るまでには何百、何千メートルも進まなければならない。同じように教科書も時間をかけて作成されるわけだから、明日の新聞のようにすぐに印刷できるというものではない（もっとも訂正文はなかなか印刷してくれないけど）。

結局、教育の内容や教科書の作成などすぐにはできないので、相当慎重に行われるべしという姿勢にならざるを得ないのだ。確かにいろいろなものについて、「できない」理由を考えるのは、さすがお得意の初中局の精神だったような気がする。それもむべなるところと擁護しておきたいと言ったら、お前はバカかと言われそうな気もするが。

しかし、最近のコロコロ変わる教育行政（高等教育を含む）は、経済官庁並に変化し、米国流なのか、ＰＤＣＡなる循環チェックシステムを導入したりと、カタカナやアルファベットを使った「行政」や指導がまかり通っているのが嘆かわしい。じっくり将来の教育や子供たちを考える姿勢が失われてはいないか。愚痴が先に出る年寄りになったかも。

帰れない・帰りたい

残業は悲劇。仕事がなくともいつ勃発するかわからない。みんなそう考えるから自分の仕事がないからといって自分だけ帰ることは不可能。幹部職員の出勤と退庁のランプがあって、役所の車で出入りするごとに守衛室で切り替える仕組みだ。その結果、大臣のランプがついていると次官や局長は帰らない。そうなると今度はその課の課長が帰らない。となると補佐や係長も残っている。だから係員たるヒラ職員などは残らざるを得ない。ランプの主が省内のどこかで飲んでいてもわからないから、この悪循環は断ち切れない。無駄残業の中身がこれだったことも少なくない時代だった。しかし今は携帯電話のおかげで外で会合があればいつでも戻れるので、近場で飲み会や麻雀もＯＫとなる。良い世の中になっているみたいだ。

第四章　大学学術局

学問のかほり

学術と大学関係は、「大学学術局」という局があって、その後、分離した。現在は、科技庁と一緒になったせいもあるが、サイエンス関係の局が三つになっている。すなわち、科学技術・学術政策局、研究振興局、研究開発局である。

小中高校といったいかにも「教育」そのものとは空気が違った。少し前には自分が学生だったから親近感はあるが、仕事はそれを裏から見ているようなものだ。今は高等教育局というので、言葉は定着したけど、かつては「高等」学校の教育と紛らわしい印象だったと思う。でも後の学術局と並んで、そこはかとなく「学問」の香りがうかがわれないでもない。

組織改編は役人が好きなことの一つ。やり遂げた感があるからかもしれない。これだっていろいろ理屈をつけて組織担当の関係官庁や法制局を説得し大蔵省(現財務省)に予算を認めさせなければならない。膨大な時間と知恵を要する話だ。

当時の大学課(今の大学振興課と国立大学法人支援課を併せたようなもの)は、国立大学に対し、予算という強大な権限を有していて、陳情に来る大学関係者、中でも学長など会社の支店長並の扱い(組織上はそうだから仕方ないけど。やっぱりやり過ぎですよね。少なくとも人生の先輩(年上)なんだから)。相当、傲岸、無礼、失礼の数々(私じゃあないけど)、お許しいただきたい。私は直接予算とは関係なかったのだが、担当の係に「くそみそ」に言われて、奥の方にあった我が係まで来て、愚痴をこぼして神経を休めてお帰りになる国立大学の部課長さんたちが何人もおられた。だいたいは課の予算担当の先輩なのだが、権力を持つと厳しく当たるのは人間のサガかもしれない。立場が逆転したときに今度は自分がその立場になる(因果応報というか、江戸の敵を長崎で、という仇討ちみたいな仕打ちがあったかどうか知らないけど)。

「専門会」の怪

昔の大学課は「専門教育課」といったそうで、その親睦会（？）の名称が「専門会」であった。年に一度の先輩を交えた飲み会が壮観だった。都内のどこかの結婚式場の畳の間を借りて開催。偉い先輩が正面に並び、左右には少し偉くない先輩と現役職員の長い列。最初の挨拶を現職の課長が行うのだが、正面のずっと奥の畳に平伏して、ご挨拶と近況報告をやった。まるで将軍のお目見えである。挨拶が終わると畳を前進して正面席のところで一献献上しご機嫌を伺うのだ。やっぱり古くからある課は違うなぁと思ったけど、しばらくしたらこの形式は沙汰止みとなった。時代は民主主義になっていたのである。「なんとか閣」という式場自体がなくなってしまったが、笑えると同時に何だか懐かしい風景だ。

誘導行政

今の大学行政は、強権発動的なところがなくなってしまったが、（形を変えた）補助金を使った誘導行政の趣がある。しかし、予算に限りがある時代となって、引き締めばかりが目について、教授が辞めてもその後の補充はしてもらえなくなっている。国立大学は、評価でくたびれ、予算は削減、基礎研究はじり貧の時代である。私学にも補助金やお墨付きで少しは有名にすることがある。そのため汚職事件もどきが起こり裁判で係争中の元官房長がいるのだ（令和二年七月現在）。

私学と言えば、昔、天下ったというか請われて私大の学長になった元局長など、大学局の若い担当者のところに相談に行っても「あの人、誰？」扱いで、「もう誰も分かっちゃくれない」と嘆いておられた。こういう場合は、在職時に新入生だった元部下が課長や局長になっているので、まずはそこを訪問、それから担当者を紹介してもらう方がスムーズに話が進む。やり過ぎると、先輩風を吹かせるといって嫌がられたり、無理筋の補助金をよこせという話に展開するのが難点だけど。だいたい面倒でやっかいな話が多いから担当者としてはやりたくない案件が少なくない。無理を通して道理を引っ込めさせる筋ワル話が少なくない。

いろいろな課

当時の大学学術局には、他に庶務課、技術教育課、大学病院課、学生課、留学生課があり、学術・国際関係では国際学術課、研究助成課、情報図書館課があった。主に工業高等専門学校を所管するのが技術教育課で後は読んで字のごとしである。学生紛争が燃え残っていたから学生課は忙しかったし、過激派が潜り込んでいるとされた大学の寮問題など抱えていた。大学病院は文部省サイドでは大きな役割だが、競争相手が厚生省だったから一つの課で巨大な一つの省と戦争（権限争い）しても勝てない。

大学はともかくも、医者の世界では口出しもできない弱小権限であった（今でもそうなのだろうが、厚労省と課長職の交流でお互いの意思疎通が良くなっていると思う。こういうのはもっと推進しても良いよね）。

新構想大学

当時は、医師と歯科医の養成を拡大する計画があって、医大か医学部を設置したのだが、これを新構想の医大というお題目で設置することにした。この「新構想」とやらが怪しい話。学生紛争で大学が荒れたから、既存の国立大学に医学部、歯学部を設置するのではなく、新しい単科大学の形で執行部の権限を強めた形の大学を作ろうとしたものだ。動機は単純。しかし、今やこの大学はほとんど、近くの国立大学に合併されて存在しない。一体あれは何だったのか、である。

新構想といえば、東京教育大学を移転して新たに筑波大学を作ったプロジェクトがあった。高等師範学校以来の伝統ある「教育大」（もう一つは広島高等師範）を廃止して、ただただ広い筑波の土地に移転する計画だ。反対論も強くて相当難儀した計画だった。この反対論の裏話は「東京を離れると、今までできていた非常勤講師のアルバイトができなくなる」という情けないものだったが、あまり表に出なかったのは幸いなるかなの噂話。確かに広大なキャンパスで授業の移動に自転車が必須だとか、周りにパチンコ屋も居酒屋もないとか、大学は街中にあった方が教育上良いとか様々な反対論が渦巻いた。ちなみに教科書検定訴訟で有名になった家永先生も教育大の教授だった。おかげでこの移転反対の方々が検定訴訟でも生き生きと活動したのではないか。ゲスの勘ぐりでしょうけどね。

留学生三〇万人計画

経験者は実感していると思うが、若い頃に勉強したり住んだりした異国は、生涯良い印象で、その国を好きになることでしょうね。学外での普段の生活でもいろいろな人たちとの交流もあるし、手っ取り早い友好国作りに役立つ。留学生交換の政治的効果だろう。もっとも、経済学をアメリカで学んだ「新自由主義」経済学者が政策形成に参画して、日本社会に混乱を起こしたことも印象に残る。思想も含めその留学した国の影響を払拭できないこともあって、善し悪しの両面があると思う。「〇〇では」と言ってすぐにその国の良さを吹聴し、反面のデメリットを考慮しない発言者を「出羽守」（でわのかみ）と言って馬鹿にすることもありましたけど。

国際化の流れの中で留学生三〇万人計画などできて、特に中国からの留学生受け入れのプロジェクトが始まった頃の話。当時の課長（米国留学の経験があってユーモア感覚があった）が中国の代表団と会議で話したのは（半分、冗談で）「日本の大学生は特に文化系は遊んでばかりで勉強しません」と言ったとか。そのせいで、中国からの留学生はもっぱら理科系、工学系になったそうだ。中国側は「社会科学などで自由主義や民主主義など学ぶと、共産主義に反対するような国民になる」と心配したのが本音とか言われたが、これも噂の範疇でのこと。このときの中国側の発言は、「百年後には若者の交流を通じて、両国とも良い関係が築かれているだろう」という壮大な話で、これには日々の仕事で明日あさっての課題や問題に追われた日本側の役人にはできない発想だと大いに感心したのであった。

マルコス夫人とカラオケ

だいぶ後の時代の話だが、総理のフィリピン訪問のとき、飛行機の中で、歓迎のパーティーでマルコス大統領夫人（元歌手）が歌を歌うという情報がもたらされたそうだ。そこで答礼（？）で総理が歌うということになり、歌は決まったが、困ったのはその歌詞が分からないこと。そこで各省からまんべんなく随行員が出ていたので誰かそれを知っているやつはいないかとご下問、あいにく誰もいなくて、今度は歌詞について、所管はどこかとなった。役所は（未来も含め）国内の全てのことに責任を持っている建前だから、必ずどこかの省庁が所管しているはず。歌は文化だから文部省だろうとなって随行の課長に白羽の矢が当たり大慌て。何とか電話で本省に問い合わせ事なきを得たとか。すさまじいお国のシステムです。

このシステム、通常は新しいおいしい話が出たら（例えばＩＴ産業の台頭など）どこが所管するのかで権限争いが勃発する。逆に面倒な課題は押しつけあう。省内の局課間でも同様のことが起こるのだ。国会質問の回答作りでも同じことで、このような場合は「消極的」権限争いと言う。説得はもっぱら電話だったが今はメールだろう。電話では脅し文句や貸し借りで妥協したり、勝ったり負けたりすのだが、メールより人間味があるような気がするが、消耗も半端ではない。声の大きさだって重要な要素。時間の無駄でもある。メールじゃ言い（書き）っぱなしだから冷静にもなれるけど、理論だけの争いになっているかもしれない。

後輩

机が四つか六つ集まって「島」を作っていた。法規係とか企画係として、原則、キャリアだけを集めていた。そこに新人が配置される。大体学生気分のままだから垢抜けないというか、社会性が身についていない。上司の係長も同じようなものだからキャンパスや寮で遊んでいるようなもの。後輩の某君は、地方出身。一浪で大学に入ったが、都内の予備校時代に英語の単語を大量に覚えて、予備校で一番だったと自慢。無邪気でカワイイものだから、周りの秘書のおばさまたちからかわいがられた。彼は、結婚式を実家のある地元でやったので、当時近県に赴任中にお招きいただいたのも思い出の一つ。それにしても後々まで（お見合いで結婚した）「奥さんがかわいい」とのろけていたのは珍しい。もう一人は、都内の出身者。書類の整理能力が不十分で、綴じてあるのは良いが上下がバラバラで取り出して読むのに苦労したことも思い出だ。ぼーっとしていてかわいかったのだろうね。

ずっとあとだが「新人類」と言われた新人は、「コピーをとってきて」と言われたがなかなか上司のところにもって来なかった。そこで「コピーはどうした」と聞いたら、新人くんの机の上にそのままあって「（コピーは）取ってきました」だって。常識が常識ではなくなった時代だったようだ。もしかすると我々だって、昔の上司から見たら戦後生まれのやつは……など、言われていたかもしれない（因果はめぐる）。

学者

高名な研究者が会議などでやってくるのが学術局。後のノーベル賞学者や文化勲章の方々もおられたが、我々文系キャリアは、当初はそちらには疎くてはじめは分からなかった。それでも理系の東大総長も含めた研究者の方々と会議で米国出張したことがある。向こうは海外での研究者としての生活体験もあって慣れたものだが、こちらは素人、海外旅行も初めて。教えてもらうことも多くて勉強になりました。のちにそれぞれの大学の学長になられた先生も何人かおられたが、だいたいが気さくで誠実な人柄。当時の学長はあまり権限が強くなく、同輩中の穏やかな人柄の方が、大学のトップになり顔として機能すれば良いという考え方にぴったりの人たちだった。その東大総長に、おやめになった後、日本橋の高島屋でばったり会ったことがあったが、まだ覚えていてくださったことに感激した。あちらはお孫さんを連れていてご家族での買い物風景。良い思い出です。

後年、担当した研究関係の課では、各大学の先生がわざわざ内容の説明に来られたことがある。こちらは何といっても文系の素人。専門の説明はちんぷんかんぷん。でも拝聴せねばならない。ということで、ある日、中京地区の工学部の教授がやってきた。確かボイラーだったかタービンだったかの専門家だったが、もみあげも長く目つきが鋭い。風貌がまるでヤクザ風。当人いわく、院生時代に（本物の）ヤクザが押売りに来たので「何か用か」と顔を出したら、「失礼しました」と言って慌てて帰ったそうだ（研究室の院生が何かに書いていたものを見せてもらった。本人も自慢げだったのがおかしい）。その案件は無事審査の委員会を通って予算が付いたので、めでたしめでたしであった。事務サイドにはほとんど研究費の採否の権限がないのだが、熱心に説明してくださる先生方の熱意には頭が下がる。

半導体の専門で（ノーベル賞候補でもあった）高名な東北地域の学長先生は、工学の応用に近いせいか、具体的な製品化や実用につながる研究に関心が強かった。面白そうな研究に思い切ってお金をかけて推進する方向を主張された。一方、化学系の専門家は少額で良いから広く浅く研究費が配分される方が、将来に役立つと言われ、分野によって目ざすところや予算のかけ方に違いが出るのだなと思ったのである。

対がん一〇カ年総合戦略

当時、中曽根内閣の時代で、第一次のガン研究の推進（「対がん一〇カ年総合戦略」）が大きなテーマになっていて、純粋基礎科学の研究者にはあまり評判が良くなかったが、当時の通産省、厚生省、科学技術庁と一緒に研究や開発を進めた。後年、自分にガンが見つかり手術をしたが、あのとき研究を進めていた成果の恩恵に与かったのかと思うと感慨ひとしおのものがある。その後、第二次のガン研究も行われ、今やガンは治る病気になったのは嬉しい。昨年同年齢の友人が進行したガンで亡くなったが、緩和ケアを選択して静かに逝った。治療もホスピスも進んできた。西の大学の元総長が米国でホスピスを見学したいというので、本来の出張とは関係ないが、一緒に行ったことがある。我が国もそのような施設も十分整備されてきたのだとしみじみ思った。今、新型コロナウイルス感染症が百年に一度の災害のように思えるが、これも科学研究の力で、遠からず解決してくれることを望みたい。

当時、豪快な発言と容貌の、あるセンターの総長にパーティーでお話ししたことがある。結婚（出産）していない女性は子宮ガンになりやすく、出産した女性は乳がんになりやすいという記事があった（逆かも）ので、これじゃあ女の人は浮かばれませんね、と言ったら、どうせみんなガンになるんだとおっしゃった。後に本人がガンになったときの感想（ある総合誌に体験談が載った）を読んだら、結構ジタバタしたみたいで、大言壮語も自分のこととなると形無しと思った（自分もそうだから人ごとではないけれど）。

最近、お医者さんが死ぬときは「ガンがいい」と書いているのを読んだ。理由は「死ぬまでの時間がはっきりしていて、いろいろな準備ができるから」と発言している例があるが、果たして実際に冷静になれるものか疑わしい気もする。人によるのかもしれない。悟りが必要だな。

加速器計画、CERN

民主党政権で予算の無駄を省くというセレモニーをやって「一番でなくてはならないのか」発言があったことを覚えていますか。科学技術がらみでは、「一番」は目標だ。ノーベル賞だって一番でないと候補にも入れてもらえない。

筑波の高エネルギーの研究所（今は、大学共同利用機関法人「高エネルギー加速器研究機構」）があるが、どこまで我が国がやっていくのか、予算が潤沢にあるなら研究だって進められるが、財政難の国がやることかという疑問がつきまとう（我々が言ってはいけないかもしれないが）。一説に、電気代だけで年間五〇〇億円という話があってびっくり。いっそ自家発電所を作ったら、といったが誰も相手にしてくれなかった。

ヨーロッパの同様な研究機関でＣＥＲＮ（「欧州原子核研究機構」、スイスのジュネーブにある）も同様な研究を行っているが、ヨーロッパでも一国では対応できないから数カ国が参加している。日本も「会費」（予算）を払って参加。アメリカではフェルミの研究所がある。この類いの研究は、素粒子やクオークの発見などめざましい成果があるけど、一般の国民にとっては、「何じゃそれ」。国民の理解を得る努力が必要だけど、関心がなければ「そうまでして税金を使ってやらなければならないのか。それで何が分かるの。地球の成り立ちが分かっても明日の生活に関係ない」となるところが難しい。学者にとってはロマンなんですがね（それを応援するのが仕事の文科省です）。

望遠鏡マフィア

似たような話に天文学がある。この分野は、「天文少年」がいるくらいポピュラーな世界で、国立天文台のＨＰのアクセス数は驚異的な数に上る。だから多少のお金がかかる研究や施設でも結構予算がつく。まして、世界的に研究者が集まって、共同研究するのだし、お互い予算を出して大型望遠鏡をこしらえていこうという約束までできれば、あとは財政当局を説得すればいい。ここで裏話があって、「世界の研究者が日本にも参加を呼びかけているとか、国際的な関連学会の計画だ」といっても、実はお互いツーカーの研究者同士（別名「望遠鏡マフィア」）だし、中には外国の研究所などに所属する日本人研究者も（海外の研究者として）片棒を担いでいるのだ。これを「グルになっている」と言う。でも、宇宙の果てだとか、「はやぶさ」のプロジェクトで夢を語られたら負けですよね、読者の元天文少年たちよ。

ハワイのマウナケアの山頂に直径三〇メートルとやらの超大型望遠鏡を作る計画があったが、どうなったかな。原住民からは神聖なる山にそんなものを作るなんて、と反対論があった。確かに、我が国で富士山の頂上に望遠鏡を据えたら、大きな反対論も予想されなくもない。別名、学問の暴走か。

理系の先生は概して純粋で生真面目、その上論理が通らないと納得しない方が少なくない。ある天文関係の方は、まっ正直で論理だけで攻めてくる。その理屈には間違いがないが現実の社会情勢や予算の都合は斟酌してくれない。世の中の善悪もこれで判定する。その考えは左翼の政党と非常に近いところがあり、やって見たら負の面の可能性があるではないかという論理や現実を見ない。霞が関の省庁の「戦争」も論理だけで説得するが、それに輪をかけた展開になって、ほとほと苦労した。男は頭で考えるが、女は〇〇で考えると言ったのは誰だっけ。頭もいろいろですよね（セクハラ発言ご容赦）。

科技庁

当時、同じ政府内でサイエンス関係の省庁としては、科学技術庁（略して「科技庁」）があって、政策立案などすりあわせで苦労させられた。今は一緒だからまだマシ。局同士の対立はあるかもしれない。省庁が違うと（理論上は）大臣まで巻き込んだ戦争になる（「閣議を止めるぞ」というのが最終の脅し文句。止まったことはないけど）。

研究分野というのは基礎・応用・実用と三段階になるのだが、だんだんその境目が分からなくなったり、基礎と応用が混ざった分野ができあがる。そこでどちらがどのように責任を持つ（つまりは予算と権限を持つ）のかという話になる。とかく基礎研究はわかりにくく国民や政治家は理解しにくいし、したがって財政当局も予算をつけにくい。

あるとき、自民党の委員会で基礎研究の重要性に関連して学者が説明したことがある。政治家の「これは何の役に立つ研究か」という質問に「それはわからない。けれど、いつか何かのためになるかもしれない。面白いから研究している」という基礎研究のあり方を話したら、皆さんとても理解できなそうだったとか。このような研究に予算をつけるのは難しい。後でノーベル賞に輝いた研究だったのですが。

科技庁がやっていた分野は、具体的な応用段階に近い分野だったのだが、それが基礎と分かちがたく結びついている場合、どちらがその予算を取るのか（つまりは権限の拡大）「戦争」になる。先方は、政治家を巻き込んで財政当局も説得する。一方、文部省の味方の学者先生は、例によって「研究者の興味関心が研究の原動力で、それがどのような実用に結びつくかは関係ない」とか「政治家や大蔵省など説得しない。あんた方の仕事でしょう」という態度になるので、全く味方にならない。たまに首相官邸に飛び込んで研究費の増額を勝ち取っていた先生がいて、驚いたことがあった（純粋過ぎて周りが見えない）が、今もお元気でしょうか。

かつての省庁の話に戻るが、サイエンスの分野の担当局は、こちらはたったの一局だが先方（科技庁）は四つも五つもあって庁全体が担当局なわけで、全く力の差が大きい。極めつけは担当官が理系でこっちはわけのわからない文系、法律職なのだから最初から負けが決まった試合のようだった（今でも少し悔しい）。

予算

初中局では、キャリアは予算に関わることをさせない伝統があったらしいが、学術関係ではもっぱら「予算」に関わらないと仕事にならない。

予算のサイクルも関係者しか分からないし、見えにくいが、大学関係で言えば、四月に新年度が始まったら、大学では翌年度の予算要求の話が始まる。六月の本省のヒアリングに向けた作業で、学内の要望や順位付けを行って本省に出かける。それをまた本省は関係課で整理、今度はいくつそれを取り入れるかなど課や局での整理作業となる。八月末の概算要求に向けての作業で、財務省などはその直前が一番暇だ。そして九月になるとその要求を削る作業があって説明やら資料提出に追われる日々となる。やっと十二月でそれが片付く（予算案の作成）。長丁場なんですよね。

予算というのは不思議なもので、特に新規で少額の予算を取るのはとても難しい。一方、金額が何百億を増額するなどというのは、政治折衝などであっという間に取れてしまうのだ。特に新規のものは、下から積み上げ説明して行くから、資料作りなど膨大なその手間暇、心身共にくたびれる話なのだ。

でも予算編成の時期は、一種のお祭りで、自炊したりおやつの差し入れがあったり、楽しめた。年末の約一週間ほどの期間で予算の詰めを行うわけだが、徹夜を入れるのでとんでもない時間に仕事が入ってくる。それでも一日八時間を通常とすれば二四時間だと三倍の余裕で仕事ができる理屈。早い話、暦の上では予算編成は一週間だが、実質は三週間の延べ時間があることになる。濃密というか疲労の極致です、お互いに。

今はやっていないだろうけど良く考えつきましたね。

食材を買ってきて何やら鍋を作ったり、関係業界のあるところからの差し入れのお弁当があったり、給食課などは給食や調理師団体の関係者がいるので、おいしい手料理の差し入れや炊き出しもどきがあったなどという噂があった。まあ、みんなで大騒ぎ。文化庁では予算獲得の応援で美人女優が主計局に陳情に行ったとか、効果のほどは別にしてイベントとしては優れた企画だ。一般には見えにくいものだが、局長折衝やら大臣折衝に上がって行く案件は事前に詰められ、ほとんどセレモニー化していた。文教関係議員の部屋も用意され、大臣が大蔵大臣に折衝に行くときそこを経由して「頑張れ」の応援を背に出かける。議員の方も出番があって、地元に予算折衝で苦労してきた「成果」を披露することができる。みんなイベントだ。

年末に予算編成が行われないときは、正月から予算編成に突入するので、正月もゆっくりしていられなかったが、年末ギリギリでも終わってくれれば、気分もすっきり田舎でお正月が過ごせた。今はかなり合理的に作業が行われて良い時代になったけど、あのお祭り騒ぎの気分がなくなってちょっと寂しい。

予算時期は、大学にお願いの時期でもある。まずは差し入れの依頼。有力大学に順にお願いするのだ。泊まり込みに必要なベッドも依頼物資の一つ。大体、都内の医大に簡易ベッドを貸してもらう。病人用なので、亡くなった方が使ったかもしれないと思うとちょっと気分的にモヤモヤするけど、ベッドがあれば良い方で、大学局以外はあまりその恩恵に与かれなかった。そこもヒエラルキーがあって局長は立派なベッドだが、若手はもっぱら机の上を整理、平らにしてそこで寝るとか、椅子を並べて寝るのもあり。応接のソファーで寝られればラッキーだった。

今はなき

日本語タイプというものを初めて見たのがこの局の勤務のとき。各局にひとりずつタイピストがいた。特殊技能ですよ。今はみんなパソコンのワープロでこなすから絶滅職種だ。仕事は、法律案や閣議請議の清書。これが内閣のせいか法制局のルールなのか、やたらに形式に厳しい世界なのだ。漢字やひらがなを一つずつ特殊なアームを使って拾って打つ。薄紙だから力を入れすぎると破れたり穴が空く。一字でも間違いや抜けがあると全部やり直しになったりするので大変な精神力と集中力のいる仕事だ。原案を作る方は意外ととんまだから失敗もあって、タイピストのおばさまに叱られながらお願いをする羽目になる。奥の手は酒好きのタイピストに一升瓶を差し入れ、なんとかご機嫌を直してやってもらった。

似たようなことは、法律が国会で成立した後、官報に載せてもらうときにもある。実は原案段階にミスがあって（内閣法制局、閣議、国会審議を経て成立。もう一度やり直すのは事実上不可能）官報の発行後に修正する事件があった。これの奥の手も似たようなもので、一升瓶を持参し、「誤字脱字の類いの修正として（印刷ミス）処理」してもらう手だった。さもなくば、法制局から閣議まで全部やり直しで関係者の首が飛ぶ。考えて見れば一升瓶も「賄賂」か「通貨」だったかもしれない。

霞が関の共通通貨

予算に関連して思い出した。もうほとんどなくなったようだが、当時はビール券なるものがあった。他省庁まで同じような使い方をしたので「霞が関の共通通貨」と言ったものだ。酒屋は当然、ほかでもビール券で支払いができるお店が少なくなかった。居酒屋の類いもＯＫだ。もっと上等な使い道は、予算でお世話になった（いじめられた？）主計局にお礼として持参する。あちらも課内の懇親会などに使用可能だからありがたがられるのだ。ビット・コインならぬビール・コインだ。

この集め方が巧妙。特に予算の時期には全国から大学関係者が陣中見舞いにやって来る。その際、地元の酒や名物を運んできていただけるのが有り難い。その際、何でも使えるビール券をお願い（強要）する。年末の予算編成時がかき入れ時だが、そればかりではなくいろいろなときに持参してもらうことがあったと思う。今はどうしているのかな。ビール券も使えなさそうだし、飲み会も少なくなって割り勘か。

予算時期に各地の名産（お菓子もある）の差し入れがあって、楽しみかつ居ながら全国を味わうことができた。あるとき、四国の大学から「すだち」の差し入れをもらったある課の庶務係長は「かけるものはいいから、かけられるものがほしい」と言ったとか。名産もいろいろだ。

煙突の怪

学術国際局のときの話。そのときは五階にあった。研究費関係の課だったが、一番奥の大蔵側でちょっと日当たりの悪い部屋な上、構造上二部屋に分かれていた。その課の前にかつては一階の焼却炉につながった煙突があった（壁に囲まれていたから見えなかったけど）。役所はいらない紙の大量の生産場だと喝破した上司がいたが、毎日膨大な紙が発生する。反故になった紙や書き直したりして余ったものやら大量に出てくるので、毎朝、それを回収して焼却するのだ。ある日あまりに燃え方が悪く、煙突の掃除をしたそうだ。そうしたら、何と、上から詰まっていた真っ黒になっていたものが、どさっと落ちてきたそうだ。それが数年前に行方不明になっていたキャリア入省者で、行きたい課に行かせてもらえなくて、悲観して煙突の上から身投げしたらしいという結論になった。当時の人事課長いわく、そういうことがあるので精神的に強いやつをオレは採用したのだ、という落ちがついていた。しかし、毎晩遅くにその煙突の前の部屋に入るときは、少々気持ちの悪い思いがしたものだ。お祓いをしたかどうかは聞いていない。幽霊までは出なかったけど、聞いたら薄気味悪いよね。（この話、知っている人は多くなかったような気がする。怪談になるね。）

学術国際局といえば、海外に赴任した人も多く、ちょっと華やかな雰囲気もあった。あまりこの局に近づくと、無理矢理海外赴任を押しつけられる心配もあって、若い頃は近寄らない者が多かったけど、後述のように、今やほとんどの後輩諸氏が海外赴任を希望する世の中となった。関連して海外留学制度もあったが、二、三年の留学後MBAを取得、役所を辞めて転職する者が増えて、世間の批判を受けた人事院が留学経費を払えという制度に変えて少しは収まったことがあった。個人的には関係なかったけど。海外赴任をめぐる状況には、隔世の感がある。

第五章　地方勤務

良い時代

ある課長に聞いたら、役人人生で一番楽しくやりがいがあったのは、地方で課長をやっていたときだと言っていた。確かに、地方に出ると、若いながら（おおむね三十代）、一つの課のトップとなる。おまけに教育委員会の事務局（教育庁と言ったりする）でほぼ唯一の国からの出向職員で管理職。上司の教育長や次長、他の課長も気を使ってくれるので、かなり「偉くなった」気分がしないでもない。課の中は年齢が上の方々ばかりで、うっかりすると下から数番目となる。同時に給与もそんなに高くない（当然）。課長補佐はおじさんたちなので気を使う（使わない出向者もいたけど）。少しちやほやしてくれるけど、図に乗ってはいけない。陰で何と言われるか分かったものではないし、ときにはそれが虎ノ門まで伝わるのだ。しかし、仕事の面ではかなり範囲が広くなるし、責任も重くて、裏返せば「やりがいがある」ということになる。

戦前から旧内務省では地方赴任が多く、その心構えとして「人を愛し、土地を愛し、仕事を愛する」という「内務省三愛」なる言葉が伝わっている。地方勤務の心構えとしてはまさにその通りだろう。県に出てみると国からのいわゆる「キャリア」組は、ごく少数。絶滅危惧種並みに少ない。たまに副知事がいたり、一部の部長、おおむね土木や農林などにキャリアが来ている。彼らは技術系で専門家だから少し毛色が違う。県の事情で補助金のほしい分野のことが多い。課長クラスでは、旧自治省（現総務省）から総務部長や地方課長、財政課長という要の部署が押さえられている。県職員の組合は自治労で過激な時代には、赴任してきた新任課長が宿舎に入るとき、いったん運び込んだ荷物をまたトラックに積み込むような嫌がらせをしたり、組合との会合で「何しにきたのか！」と詰問、「帰れ！」と怒号を浴びた自治省の若手がいた。これも自治省と自治労の一種の近親憎悪みたいなことが原因ではないかと言われていた。でもこのような「通過儀礼」はセレモニーみたいなものだ。これをやらないとお互い困るようで、東北のある県で当時の厚生省から来た部長（技術系）がこれをやられて「はい、帰ります」と言ってホントに東京に帰った事件（？）があった。これには県も困ったけれど、組合もそこまでは想定していなかったので、振り上げたこぶしの行方に大弱りだったはず。戻ったのを受け取る厚生省もどうしたやら。人を差し替えて送ったと思うが、前代未聞の珍事だったでしょうね。

似たような話だが、初めて旧運輸省から来た新人課長を組合交渉でつるし上げ、「何で来たのか」と質問したところ、この課長氏（交通を司る運輸省だから）「飛行機で来ました」と言ったら、組合は「これだけ中央から遠い地方の実情は、飛行機では分からない。電車で十数時間かけてこそ実態がわかる」と難癖をつけた。その答え「では、帰るときは電車にしましょう」で収まったそうだから、いかにもセレモニーだ。

事務系の出向者は、少ないせいかたまに密かに飲み会で集まった。どうせバレるけど、憂さ晴らしというかストレス解消は大事。また、霞が関に戻ったときにちょっとは仲良しになれるメリットもある（ほとんど役に立たなかったけど）。

キャリアの使い道

地方から見たら、この珍しいキャリアの課長は〝使って〟こそ意味がある。地元でやりにくい難題を、責任をかぶせて処理するのに最適だ。「うちの課長が頑固で……」とか「法律屋で融通が利かないのですわ……」と地元を説得できる。特に教員人事は、小さな県だと担当の管理主事が地元の教員上がりだから、先輩、校長、同僚の教員、教え子、親戚、知人と自分の関係者だらけ。これを情け容赦なく人事異動をするには恨みを買ったり依怙贔屓《えこひいき》と思われないか気を遣うところ（後で現場にでたとき嫌がらせを受けても困る。用意周到と言うべきか）。これを全部、国から来た「わけのわかっていない（若造の）課長」のせいにすれば、スムーズに進むのだ。

学校の統廃合も地元と大いに利害対立するテーマだから、よそ者のせいにすればいい。当時、高等学校の分校を三つ統合（実は廃校）する計画があり、これをやらされた。ある町に教育長と一緒に、事情説明と説得に出かけたところ、先方では、町長や教育長など関係者が待ち受け、一応の説明が終わったところで、「では、これからちょっとお食事でも……」となってぞろぞろ、いや車ですからブーンと行ったところが、隣の県。そこの料亭もどきに会場（宴席）が設けてあって、飲めや歌えの宴会となった。教育長以下こちらは、まあ、一応納得してくれたかな、と思っていたら、先方は「酒を飲ませて上手く追い返した」との解釈であった。あれは一体何だったのだろうか。あまり具体的で断定的な言い方をしない独特の物言いの地方のせいか、「玉虫色」発言で決着、納得するのは難しい。

一方、対国でもこれは使い勝手がある。補助金の獲得では課長に直接陳情させたり、いわば「人質」のようなものだから、文部省としても多少の弱みもある。まして今後の派遣（出向）の廃止をちらつかせると送り手の霞が関も腰が引ける。何せ人事は大事だから。

今でこそ、教員に主幹教諭、指導教諭などというポストを作って待遇改善をしているが、地方でもそのような仕組みを作っていた時代がある。組合の提案が最初だったらしいが、組合と当局の合意のもと上手く立ち回っていたのだろう。これも予算がイケイケどんどんのときは可能だが手元不如意な財政になったら、廃止の方針に変わる。これを当時の自治省出身の総務部長と予算の最終決定の場までもちこし、知事の前で激論を交わしてやり合ったことがある。地方交付税（自治省所管）で措置されている予算だから最終的にはこちらの「負け」になったが、横にいた教育次長に「もうその辺でやめておけ」と止められるまで頑張ったのも思い出の一つ。本省に帰ってずっと経ったとき、その部長氏と当時一緒のときに出向していた各省からの若手課長と霞が関周辺で飲み会をやった。「あのときは悪かったね」と言われたが、今更の感だけど、面白かった。

バカ殿と少年探偵団

旧大蔵省の時代は、入省二年目かそこらで地方の税務署長に赴任していた。その税務署では大過なく過ごしていただき、めでたく本省に返すというのが地元の勤め。地方の有力者などとの宴会では、床の間を背に最上席に座るのだから、偉くなった気分にさせられる。そこで勘違いして「おれはエリートだ」となってしまうと間違いの元。単に座っている椅子が偉いので、あんた自身は偉くもなんともない。傲慢な若者を育てるので「バカ殿」養成と非難されて、もう少し年次が上になってから派遣されるようになったと聞いた。

同じようなことは警察にもいえる。入庁後すぐに警部補となり半年で警部、二年目で県警本部の捜査二課長となり地方に赴く。課長といえども独身だから下宿住まい。ただの若者に過ぎない。ある事件が起きて捜査二課の出番となったらしいが地方では、大方犯人のめどはついているのだが、当の課長殿、大いに張り切って部下を叱咤激励、大捜査を開始したところ、部下の反発にあって、ちっとも進まない。さらに怒って当たり散らしたが、それでも言うことを聞かなかったらしい。その後ようやく事件は解決を見たようだが、その間、複数の部下が、課長くんが下宿している家（二階がお宿）の下で、「ボッ、ボッ、ボクらは少年探偵団♪」と歌ったらしい。後年、首相官邸に行ったら「○○さん、お久しぶりです」と挨拶されたのがその彼だった。官房長官秘書官で官邸勤めだった。すっかり太って見違えた。あのときの「少年」課長だった（よく私のこと分かったなぁ）。まあ、警察のキャリアは管理職で、人使いが上手になるだけだからそれで良いのかも。でも事件や不祥事（最近は多い。昔は隠し通したらしいが）で責任を取らされるのだけはつまらないものだ。

後輩は困る

送ったタマがろくでもないこともある。出向した先の先輩の一人だが、仕事はきちんとするし愛嬌はあるのだが、酒癖がよくない。独身だったからみんなでの飲み会が連日の如くあり、折角、下宿まで送り届けたら、すぐに出てきて「もう一軒行こう」と叫んだり、上司だから無下にもできず弱ったそうだ（鍵は中からしかかけられないので、閉じ込めておけない）。もう一人の先輩は態度が大きく、県立高校の校長が挨拶に来ても、机にふんぞりかえって「あぁ……」と言ったきりとか、関西出身で言葉がわかりにくかったかな。県では高校長といえば地元の名士だが、それになんらの敬意も表さない態度でひんしゅくを買う。おまけにぶっきらぼうな性格が、この県では嫌われて、とんでもない時期に早々にお帰りを要請されたみたいだ。

霞が関（虎ノ門）での採用では、試験の成績だけでほとんど決めているから、多少の面接はするが、中身まではよくわからないのでかような事態が出てくるのだ。さすが品の良い（？）文部省では下半身の事件は聞いたことがないが、地方に出ていた警察庁の若手は、独身で、某県の県警の課長時代に飲み屋のお姉さんと仲良くなった。早朝、事件が起きて新聞記者が、課長官舎に押し掛けたところ、二人は同じ布団の中にいて、バレてしまったとか。時の県警本部長が、「おまえね、そりゃしょうがないわ。結婚しろ」と言って、晴れて夫婦になったとか（彼女の方は玉の輿だったかも）。彼は全然その気がなかったそうだ。「今のかみさんがそうなんだ」と一緒に出張して、夜飲んでるときにしみじみ後悔の口調で言われたときには驚いた。当時は某組織の参事官だったが、いまごろどうされておられましょうや？

自治体への出向・副知事

最近の地方自治体への出向で、珍しいのは副知事というポスト。知っている方々は皆女性キャリアだった。彼女らが求められるのは、花を添えるイメージがあるせいか、男はお呼びではないらしい。地元では人気で、小さな県だと目について、地元の方々から道を歩いていても声をかけられることがあるらしい。聞いた話だが、傑作は、離任するときに県庁の女性職員からのお餞別が「お米一年分とお酒一年分」と、なにやら大相撲の懸賞のような品々。持ち帰るのが大変そうだが、毎月送ってくださったそうだ。特にお酒は、毎月銘柄を変えて一升瓶を二本だったか、届いたそうだから半分うらやましい。

市町村の教育長ポストも結構あって、今ではキャリア・ノンキャリアの別なく、また、男女を問わないようだ。課長と違ってその地元の教育の責任者だから、やりがいもあるが、現場の事情を知る良い機会で責任が重いが勉強になるだろう。ときには、民間人校長として勤務した者もいる。教育を与る役所としては、現場体験の最たるものだ。

ノンキャリは優秀

文部省は出先機関として大学の事務局の管理職ポストをおさえていた。今は、キャリアが理事や事務局長に出ているが、かつては本省勤務のノンキャリが最初に課長になるときの出先として機能した。文部省はキャリア以外は直接採用せず、地方の大学や組織から試験で「登用」したので、一度現場で人物や能力をみているので、かなり優秀な人材が多かったと思う。実際、いわゆる有名大学卒のキャリア組より立派な人が多かった。ブラック企業並みのハードワークをこなして上司に仕え、専門家として現場に詳しくなり上司の意向に沿って仕事（無理難題も）をしていた人たちだ。彼らにとって、何が楽しみといって、出先に管理職として赴任し、仕事ができるというのはステータスだし、誇りだったと思う。大学の事務局長や部長など出世の到達点だ。単身赴任のことが多かったけど。今は別の法人組織という建前で「天下り」批判にさらされ、送るに送れない事態。また、独立（法人）を建前に、学長が学内の人材を昇進させるケースも多くなり、本省派遣はすたれ気味だ。本省から来た連中もその大学に骨を埋めるという気分は少なく、腰掛の姿勢が抜けないと批判された。もっぱら本省の方ばかり見ていて、学長の意向に沿わないとか、人事と予算関係が偉くて学内の意思より本省の方針を押し付けるなどといわれたこともある。まあ、役所の一部だったから、大事なのは人事と予算というのは半分仕方がないこと。優秀な人材はその関係部署に置かれた。

こういうノンキャリの場合、本省に地方から登用されたときには、どの局課に行くか分からない。適当に配置されただけでその後の役人人生が変わる（大学関係の局が有利だとか、人事会計が得するとか）という理不尽さがある。おまけに、本省ではハードワークの滅私奉公的な職務が中心という事情だから、この「登用」試験を受ける希望者が激減し、今や直接採用も行わざるを得ないという。先に述べたように出先の大学のポストも今やキャリアが進出、本省勤務のメリットもなきに等しい。同じような状況は財務省の予算関係の部署（主計局）にも見られる現象だそうだ。

ところで、かつて、大学は出先の行政機関の一種だったから、本省から見たら大学の学長は「地方の郵便局長並みだ」と言い放った先輩がいたそうだが、これまた不謹慎な見方の一つですよね。世間からは高潔な人物とみられ地方では知事に次ぐ有名人なのですから。今は「独立」法人で別組織だし、国家公務員の定員管理には属していない。おかげで文科省の定員は三千人ほど。かつては十数万人で郵政省と同じくらいの定員規模であったそうだ。一種の凋落ともいえる。これも行政改革で公務員の定員を「見かけ上」減らした結果だ。実質は何ら変わらない。定員削減は、行政改革を進めているポーズ作りには役立つ。おかげで正規の採用をせずに期限付きの職員を採用したり、地方公共団体や大学から研修生と称して人集めをせざるを得ない状況が霞が関一帯でまかり通っている始末（吸い上げられた方は、人手が減って大変なしわ寄せとなる。せめて補助金でも優遇してもらったら有り難いが、良く考えたら、これはこれで行政をゆがめていることになりはせぬか）。「ブラック霞が関」をやめるには、現状が同じであることを前提にしたら、結局定員増を行う必要があるのではないか。非正規職員の減にもつながるだろう。

第六章　役所の人事

ひとごと

会社の場合と一番大きく違うことの一つは、異動が頻繁ということかもしれない。だいたい二年から三年でポストが変わる。部下も変われば上司も代わる。すなわち、嫌いな上司でもしばらく待てば、いなくなるか、または自分が代わることになり、そこで「縁」が切れる。若いときは良いのだが、問題があるとすれば、管理職や幹部クラスになるとお互いの上下関係が変わらないし、ピラミッド型でポストが減少してくる時期だから、上司と合わない場合は、左遷（？）ないし悲劇につながる（部下は選べても上司は選べない、というのは名言だ）。

俗に、役人はセミだという説がある。なぜなら「ツクツク、ポスト」と鳴くから、だそうだ。幹部候補だか、高級官僚の卵だとかいわれても、実際に仕事ができるのは、その（幹部）ポストに就かないと自分の意見や政策が立案・実行できない。ポストを確保するのが非常に重要となる。それまでの数十年は、いわば忍従、下積みの世界だ。まさにセミのように地下に七年暮らし、地上に出てもせいぜい二週間だから、まったく（セミと）同じような人生ということになる。

代々木のオリセンでの初任研修のときに、当時の環境庁の人事課長の話を聞いた。人事について、希望を書く欄があるけど、自分はいつも「命のまま」としか書かないと言われた。どうせ書いてもキャリアは気にしてもらえないし、人事課も配慮しない。まさに潔い名文だと感じ入った。でもね、これって公正で客観的な人事が行われていることを前提としていますよね。同時に自分の能力に自信のある方の場合だね。凡人としては、悲しいかな自己評価は八〇点でも、他人から見たら良いとこ六〇点だという説があるくらいだから、人事は難しい。人事異動で満足するのが二割で不満足が八割なら成功だという話もあった。所詮は「ひとごと」の世界で不合理なものかもしれない。

内閣人事局の支配

平成二十九年の文科省がからんだ「加計学園」の獣医学部認可問題で明らかになった役所の人事について、相沢英之元経済企画庁長官（もともと大蔵省出身で次官、その後政治家になった）の意見が的を射ている（「文芸春秋」平成二十九年十一月号一五二ページ）。「……私が大蔵省にいた頃と、今とでは大きく違う点が一つある。それは、誰に人事権があるかという問題です」と言う。つまり同氏が指摘するのは二〇一四年に内閣人事局ができて「それまで官僚主導だった各省の人事が一変……安倍官邸に近い官僚が登用されている……今の霞が関に、官邸の意向に沿わないと仕事をさせてもらえない雰囲気があるとすれば大きな問題……政治家の顔色を見て忖度できる役人だけが出世すれば、将来に禍根を残す」。そもそも内閣人事局に各省の官僚の仕事ぶりを公正、公平に評価できるかが問題だ。結局「官僚の人事は省内の人たちに納得されるものでないといけない」と（同氏は）言うのだ。それでうまく回ってきたのがこれまでの役人の人事だろう。もちろん、各省の省益優先、対立で政策がうまく回らないという弊害はあったにしても、現状はかなり問題を含んでいることが、今回わかったのではないか。とかく理想は極端に走りやすい。

ついでに、官邸が強くなったら、各省庁で施策を検討し、それを政治の世界にあげて法律や予算化を通して国民に反映させたいという気持ちがなくなってはいまいか。

つまり官邸に指示されるまで動かない方が得策という一種の厭戦気分で仕事をしているのではないか。役人としての気概もなくなり、深夜までろくな残業手当もつかない仕事では有能な若手は霞が関には来るまい。悲しいことだ。

抜擢

文部省は比較的おおらかなのか、ノンキャリの課長ポストを作ることが多い。今でも一つか二つはあるだろう。まさにノンキャリの星だが、中には一定の課やポストで官房長や次官に近い関係（次官室勤務）を作れる場合に、最後の論功行賞なのか一、二年、課長に就いてその後有力国立大学の事務局長に出世、めでたく役人人生を飾ることになる。これがいわゆる指定職だったら退職金などに大いに影響したものだ。

最近だが、霞が関で、非常に珍しかったケースは、高卒、ノンキャリアで有力局長になった（その後文科審議官）ことがあった。とても有能な人だったのでしょう。夜間の私学の大学（大学院）を卒業した努力家だとのこと。なまじなキャリアより立派。一方で、その影響か、若手キャリアが先を悲観して大量に辞めてしまったという噂があったが本当だろうか。頭のどこかに「出世命」の文字が刷り込まれていればあり得ない話ではあるまい。

裏話

人事に絡んだ話だが、上司が頑固で面倒なケースで仕事が進まないことがあり、そのため交替まで半年待ったことがあった。なかなか通らない案件を半年待って、新しい次の上司を説得してうまく通した。課では待っただけの甲斐あって、みんなで万歳をした、と言うのはウソだが気分はそれに近かったのだ。

課長になっても部下の人事を自由にできるわけではない。その上の局長などが、人事好きだった場合は、課内の係員の異動まで口をだす。ある上司は女好き（?・）でキャリアの女性ばかり集めたがって往生したこともある。課の仕事を回すとき、夜遅くなったり徹夜になることもあり女子に気を遣うので、やりにくかった。今や、キャリアの半分が女性になって彼女らも男性よりバリバリ仕事をするし、徹夜も厭わないので頼もしいかぎり。隔世の感がある。男でも女でもできるやつがほしいとなる。少々反省なのだ。

しかし、仕事が修羅場になったら、現実には出産、子育てなどで二四時間、土日を問わず働けない女性はつらい。千正康裕氏の「ブラック霞が関」（新潮新書）に詳しいところ。文部省でも、伝聞だが、子供がいて家庭の仕事もある女性キャリアが、子供の病気で休んだとき、非難した直属の上司の女性課長がいて「女の敵は女」というのを実感した。

次官が人事好きというケースは、本来、人事を与る官房長や人事課長の出番がなく、陰で文句を言うことになる。理想は、一定以上の幹部人事は次官がやり、新入生や外に出る前のキャリアの人事は担当課長などと相談しながら人事課長が行うというところだろう。局の筆頭課長も最初の原案みたいなレベルで、局内の人事に関与する。

あるとき別の課の課長補佐氏が現れ、部長と合わないので変えてくださいと言いに来たことがある（直接の上司の課長はどうしていたのか）。いっそ海外勤務の在外公館勤務が良いと言うので、その方向で話を官房にして実現したことがあった。後日談は、海外出張でその国に寄ったら、彼とその上司の外務省出身の公使（以前から面識があった）と一緒に夕食をごちそうになった。役得というほどの話ではないが「善行」を積んだ（〇〇の恩返し）ような気がしたものだ。

基本的に、自分の人事は自分では決められないのが役人の人事だ。いったい誰がそのときの決定権を持っているのか皆目わからない。文部省のような比較的小さな所帯では、キャリアは各局をほぼまんべんなく回っていくので一時的につまらないポストだったとしても、後からそれなりの陽の当たるポストに就くことが少なくない。しかし、先に述べたように、課長クラスになると、現在のポストでその先がわかることが多い。これは結構つらい。線路の行先はあまり変更してくれないので、既定路線というか枝分かれのない一本道の「線路」なのだ。それと二年ごとに異動すると二年先輩の後に回るので、おおむね先が見えることがある。極端なのは次官人事で、ある年次で次官をだすとその後の数年は飛ばしの人事になってしまう。昔の通産省などはそのため同じ年次で次官を回すよう頑張ったなどという話があった。それで次官になった者は同期の面倒、つまりは天下り先など配慮したり有利な扱いをしたりしていたらしい。ホントの噂話であるが。

「恐竜番付」

これは財務省の話だが、若手官僚たちが睨まれたら恐い上司をひそかにランキングしたパワハラ番付（「恐竜番付」というらしい）を作って後輩に申し送る伝統があるそうだ。昔の週刊誌の記事だったが、今も存在するのでしょうか。この点、文科省では聞いたことがないのはご同慶の至り。ではあるが、番付までは至らないが、瞬間湯沸かしや軍曹なんていうのもいましたね。一時間も立たせて説教とか怒鳴り散らすというのはお上品かつ御殿女中の文科省ではほぼ見かけないが、上からは見えず下からはよく見える世界だから、そのような経験をされた若い人たちがいたかもしれない。今時は告発やパワハラを訴えることができるから少なくなってきているだろうか。こういう輩は地位が高かったり、上からはよくできるやつという評価になっていて、部下は文句を言うとやぶ蛇になりかねない。難しいものだ。民間では三六〇度評価が導入されて部下が上司を評価する制度があるそうだが、霞が関ではまだまだか。でも、優等生がそのまま役人になっているので、部下からでも評価が悪いと結構落ち込むらしい。一定の効果は期待できるだろう。もっとも匿名での評価が必須だろう。

社長と会長

当時の役所の次官というのは、会社でいえば社長だと教えてくれた上司がいた。大臣は「会長」で、一応はその役所の顔ではあるが、実質いろいろな政策は次官以下で決めて実行していくのだという教えである。大臣たるもの、多少は自分の政策なりやりたいこともあるのだろうけど、基本は以上の通り。一方で、役所全体でも、その大臣に選挙区への補助金などで花を持たせることも少なくない。かつての文部省は中庭があって、大臣が辞めるときは、中庭でのお見送り（花束を渡す離任式だからまさに「花をもたせた」わけだ）の儀式が行われ、あれで感激、文部省のファンになったという伝説が残っていた。六階までの廊下がぐるっと内側に面しているので、そこからほぼ全職員（大げさ）が一斉に手を振ったりして壮観。感激しないはずがない。誰が最初に考案したか知らないが（河野行革相が、文科省の副大臣だったかの真夜中のお出迎えに職員が出たことについて、止めてしまえと言ったという報道があったが、確かにそんな気もする。いっそ夜中の組閣もそうしてもらわないといけない。働き方改革の時代ですよ）。また、当時の防衛庁では、大臣の選挙区帰りのときに、自衛隊機はもちろん、軍楽隊が空港で〝お出むかえ〟などすれば気分が良くなる。事業官庁でも補助金を優先して配分することも密かにあったかもしれない。あの手この手で政治家を籠絡するのである。今はどこまでやっていることやら。

ところで、ポストも上に行くほど、人事は、権限のある先輩ないし上司の意向次第となる。早い話が、「好き嫌い」というだけではなかろうか。次官の最有力と目された局長の下にいたことがある（課長補佐の一人という立場だったが）。非常に繊細かつ慎重な人で、国会答弁も何度も書き直し、言われた通りの修正を行って、やっと了解を取ったのだが、たまたま部下の係長が、念のため書き直したペーパーをもう一度局長（の自宅）に送って確認しましょう、というので実行。その返事の電話がしばらくしてあって、「ご苦労様、あれでいい。四の五の言ってすまなかった」で、やっと解放されたものだ。再確認をやっておいて良かったというのがそのときの実感だった（「四の五の」の表現をこのとき覚えた）。しかし、この間、部下ともども何時間も待たされたのには参った。念には念を入れるということだが、時にはむなしい気分に襲われる。別のときだが、ある案件で、省令の改正をしようとしたら、その局長氏は自分の責任になることを恐れて一切の動きを止められた。こういうのは「石橋をたたいても渡らない」という例でしょうか。次のポストを思って絶対汚点をつけたくなかったのだと想像（邪推）した。いい人だったけど。重要ポストを目前にすると、こういう行動になる人は少なくない。

次官の決め方（邪推）

霞が関の慣例というか風習で役人のトップである次官は、内外の評価の下、長年の間に次第に絞り込まれて決まっていたように思う。しかし、時にはライバルが複数残ってしまうケースもある。結局、後任の次官の決め方というのは、現在そのポストにいる者が決めるので、必然的に院政をというか自分の言うことを聞いてくれそうな人を据える場合がある。ある年次で一番優秀とされた一人を「長官」にして外し、残りの二人のうち下馬評の高かった方には、「次は君」と匂わしたあげく、別のもう一人に決めたときがあった（決まった方はいつも「辞めたい、辞めたい」とぼやいていたがすぐには辞めなかった）。優秀な人材が同期にいたら、財務省のように、一年ごとに交代のたらい回しをする役所もある。それも手だよね。汚職などで有力な人材がアウトになれば、次の者が代わりにそのポストに就くというのを見たら、人材の層が厚いのだなとも思うが、大して能力の差がないことを実証しているみたいだし、誰がやってても変わりないともいえる。結局人事は、「ひとごと」で決め方は「好き嫌い」や「そりが合うか合わないか」だけ。

女性キャリア

今の文科省も女性キャリアが多いが、昔も女性が入るところは文部省の他には、労働省と相場が決まっていた。しかしそれぞれの入省者の数は極端に少なかった。現在は、財務省や総務省、外務省まで幅広く入って頂けるのは、優秀な人材として有り難いことであろう。確かに試験の合格者に占める女性の割合は三割を超えているようだが（二〇二〇年度で三六％）、実際の採用数ではどうなのだろう。若いうちはともかく、出産・子育ての時期には休暇が必要で、一時的だが戦力ダウンになって課長はつらくなる。決して文句を言ってはならないところであるのだが。

前にも書いたが、女性キャリアの扱いが難しい。入省してくる女性の数が多ければ選びようもあるが、希少な時代では、黒木亮の『法服の王国』下巻の文庫版解説にあったような不適切な女性裁判官の例のようなことが起こる。いわく「上司におもねり、部下にきびしく当たる」。つまり「功績は自分、失敗は部下の責任」というタイプ（引用は同著より）。上は見えないから困ったことだ。「媚び」は上には売れるが下には売れない商品のようだ。

運・不運

あるとき人事課の副長が言った。「最近の入省者は課長になるのも難しい時代になってきますよ」。確かに二〇人から三〇人近いキャリアを採用すると、数字の上ではポストが限られているからそうならざるを得ない。以前は最低でも本省の課長にはなれると言われたが、実際は七、八割くらいだった。今はそれ以上に相当難しい時代かもしれない。しかるべきポストに行かない限り、理想とする政策は実現できない。それも二、三年で交代するから、建て物でいえば「計画、建築、落成記念式典」をやれる人物は三人がかりと相成る。これはつらい。

かといって、局長など上に行っても、実は担当課長がウンと言わなければ政策が変わらない。どうしてもという場合は、その課長を変えてしまう方が事が進む。でも、時間がかかってしまうのだ。うっかりすると自分の方が先に変えられてしまうと笑うに笑えない。

自分でどうにもならないのが人事で、これをなんとかしようと思えば、某省の人事課長になった人物の発言のように「同期をみんな別のところにやったので、自分は出世できるはず」。でも、ちょっと汚い手法だ。上手く行ったかどうか確認していない。だから人事のシーズンは気が重い。四月と七月がその季節。四月は新入生が入ってくるし、どこの職場も四月が予算や組織の変わり目だから当然。しかし霞が関は国会と連動していることが多いので、会期の終了時に人事がやりやすいということになる。延長されて後ろに行きすぎると、今度は予算案の作成と絡むのでできないということになる。新聞辞令が多くなるのもこの時期だ。人事が漏れると、あえて差し替えてしまうなどということもあったのは、大臣の発令と同じ。ただのへそ曲がりかもしれないが。

自分も含め、辞め（させられ）るときは、落ち込む。結局、次官にまでなって残ることができるのは一人でしかない。多くの諸先輩を見てきたが、いずれは自分の番も来る定めといえばそれまでのこと。しかし、その境地に至るのは非常に難しい。

その上のポストに行く予定で周りも上司もささやいていたのに、はしごを外されたケースがあった。それを聞いて慰めというか激励に行ったある政治家に聞いた話。役所の部屋で話していたら、当該人物の紅茶を持った手が（内心の動揺で）大きく揺れてお茶のカップが何メートルかすっ飛んでいったそうだ（何でも大げさかつ面白く話を作る傾向の政治家だったから、真偽のほどは不明だが）。サラリーマンの悲哀そのものだ。結局、「次官」にならなければ、当人以外は皆不満だというのが役所の人事だよ、と言った先輩がいたが卓見ですね。

天下り

用語自体が国民を馬鹿にしている。自分たちは上という意識を露骨に醸し出す。しかし、これは霞が関の住人が自分で言っているわけではない、マスコミの命名だろう

（官尊民卑の言い草で、今頃の若い人はそう思ってはいない。東大卒業生だって今や外資系コンサルタントなどに流れる時代だ。マスコミはマンネリ、紋切り型になってはいませんか）。

民間企業（大新聞も）でも大企業は子会社を持っていて、管理職やら役員が余ってくればその子会社の社長などに出すシステムを有する。銀行も融資した企業への支援の場合も含め、自行から人を送り出す仕組みを持っている。たとえば関西系の銀行からビール会社に社長を送って「スーパードライ」のヒットを出し、その会社を建て直した方がいたが、（たまたまの当たりの）ラッキーなケースだろうけど、そればかりではないこともある。

国家公務員だけが悪者になるのは目立つせいか？（国民の税金を使っているからだともいうが、公務員も生活者です）内閣官房の内閣人事局が公表している「国家公務員が知っておかなければならない再就職に関する規制」という冊子では「予算や権限を背景とした押しつけ的な再就職のあっせん等」を「いわゆる『天下り問題』」と説明している。官民癒着や行政がゆがめられるという弊害があるというのがその理由だ。文科省の場合は、補助金を出している私学に教授として就職したこと、事前に本省を通して押し込んだとされる点などいろいろ問題が露呈した。裁判官や検察の世界でも公証人など「天下り」ポストがあることは報道でもあったが、その後問題にされないのはどうしてなのだろう。弱いところを叩くせいか、（マスコミ側で）検察などに後ろ暗いところがあるのか。

しかし、ある先輩が某庁の友人の元次官に聞いたら、辞めて年金をもらったら三〇〇万円しかなかったと嘆いていたとか。一方で別の公共放送の友人は「公務員は年金がそんなに少ないから天下りをせざるを得ないのか。かわいそうだね」と言われたそうだ。ともあれ、文科省も「天下り」で大騒ぎになったけど、霞が関は若い頃から重要な仕事を任せてもらえる半面、少し年齢が行けば辞めるシステムがある。先輩いわく「自分が入省したときに生まれたやつが入ってきたら、役所を辞めるときになる」。この流れがある以上、第二の仕事を求めざるを得ないだろう。将来伸びて七〇歳になるかもしれない定年まで勤めるというのは、若い人には活躍の待ち時間が長すぎる。一体どうなのだろうか。

確かに先に問題にされ国会でも取り上げられた天下りについては、組織ぐるみというマイナス要素が目立ったし、人事課が関与した点でも問題だったと思う（では誰がやるのだ?）。でも落ち着いてみればある程度どこの省庁もやっている話。先を考えるあまり、現職の頃から行き先に配慮するようなら問題だ。有能な人材の活用という観点も、建前だけでなくできたら良いのにね。用語も「再就職問題」と変えるべきでしょう。

ゲン給保証

霞が関の住人は異動が頻繁だ。ＩＢＭというアメリカの会社は、社長が代わると組織替えと人事異動が起こる（権力者は前任者と違うことをやりたがるのでだいたい組織再編や人の異動を頻繁に行うそうだ）。社員は〝I've Been Moving.〟が会社名の由来だと言っていた。上手いなぁ、さすがジョーク好きな国の会社だ。

話を戻すと、かつては、霞が関から他へ異動する場合、特殊法人（今はないが子会社のようなもので、幹部は天下りが多かった）などへ行っても給与は変わらない（現給保証）どころか一〇％以上の上乗せがなされて、その異動に文句が出ない工夫があった。ところが近年は財政難か世間の目をはばかったのか、全くそのような「優遇措置」は壊滅した。実体験としては、異動のたびに給与が下がる。まさに「減給」保証であった。実感としては「踏んだり蹴ったり」。

先日ある県の知事に会った（元某役所の元官僚）が、選挙に出るとき退職金を全部使ったという。その額一〇〇〇万円台。大幅な減少。もっとも知事選に出るための自己都合の退職だから、勧奨退職のような上乗せはないにしても最近の待遇〝改悪〟は恐ろしい流れの中にあるようだ。虎ノ門を含む霞が関の仕事の魅力はこの点でも地に落ちつつある。もっとも最近の霞が関の若手は、経済的に裕福になることは考えていないそうだ。もしそうなら最初から外資系に行って金持ちになるそうだ。公務やりがいを求めているので、はなから問題にしないらしい。見上げた精神だな。だからこそ、限界を超えた超過勤務や精神を病むような働き方は変えていってほしい。前記の千正氏の著書（『ブラック霞が関』）にある提言をちゃんと考えてくださいな。国会、特に野党のみなさん。

すまじきものは宮仕え

歌舞伎の「菅原伝授手習鑑」の台詞に「すまじきものは宮仕え」がある。とかく組織の仕事は嫌になって辞めたいと思うことも少なくないのは、一応定年（少し早く辞めた場合も）まで勤めたら、感慨深い台詞に思える。サラリーマンは外に出たら七人の敵がいるのだという話もあった（最近はとんと聞かない）けど、長年のサラリーマン生活では最低三人、気が合わない（嫌な）上司と出くわす（先方もそう思っていたかもしれないけど）。そんなときには「もう辞めたい」と思い詰めることもないわけではない。課長と補佐にいじめられて、たまたま隣の課にいた私のところに（なぜか）相談に来た係長君が「辞めて、司法試験を受けます」と言いに来た。もう少し頑張ったらどうかという慰めを言ったかもしれないが、結局彼は辞めた。法曹の道に進んだかどうか定かではないが、気に入らない上司と一緒に仕事はできないということだが、それもありで、組織に属さず仕事をするという意味では弁護士の方が良いですよね。

これも若くないと「転身」できないなぁ。自分のふがいなさを振り返って思い出す話だ。

最近の傾向なのか、出身地やそちらに近い地方に出向や最終ポストに発令しているケースを見かける。昔、国鉄が分割されたときに職員にどこのＪＲに行きたいか希望を取ったら、地方出身者は中央で仕事をしたいと思って国鉄本社に入社したのに、今更田舎に帰りたくないと言って東京の東日本に希望が集中したそうだ。役所だって同じこともあるのではないか。もっとも、田舎の老親の面倒を看たいという孝行息子・娘もいることは否定しませんが。

第七章　趣味

麻雀

いっとき、「虎ノ門」三種競技（「近代五種」もあった。さすがオリンピックの所管の文部省）と称して大相撲のような番付まであったのが、ゴルフ・麻雀・カラオケの趣味の世界（種目は少々違うかもしれない）。貧しきよき時代の象徴だったかな。

昭和の時代も、霞が関は国会待機というのが当たり前にあって、翌日の質問が判明しないと帰れない。質問が取れても、答弁をどの局、課が担当するかはっきりするまで全員足止めを食う。担当局が決まっても、どの課に担当が回るかが次の問題。担当局以外は「国会待機の解除」となってうちへ帰って寝られるので嬉しい。担当になったら最悪二、三時間から徹夜も覚悟しなくてはならない。さて、この待機の時間にやっているのは「麻雀」である。令和の時代の高等検察庁長官も新聞記者と外で麻雀をしていた事件があったが、国会待機で染みついた習慣だったのか。それはさておき、虎ノ門でも例外ではなく夕方六時ころにはあちこちの課からジャラジャラと牌をかき混ぜる音がしたものだ。ゴルフもそうだが四人揃わないとできないし途中で抜けられないというのがやっかいなところ。ある日、夕刊紙の記者に写真つきですっぱ抜かれ、翌日の夕方に記事が出て大恥をかいたことがあった。それ以来、麻雀の省内での禁止が徹底されたが、絶対禁止までには至らなかったので、外でやることになった。結局儲かったのは虎ノ門周辺の新橋の麻雀屋さんというオチがついた。

ゴルフ

バブルの時代には、ゴルフが大流行。本格的にプロのコーチに習った人まで出現。始めたらとことん突き詰める方々もいた。その結果、役所でも結構上手になる者も出て、局やら全体のコンペまであり少々遠くてもみんなで出かけたこともある。局課単位なので休日まで「職場」感が抜けず、上司には気を使わなくてはならない。民間企業の接待ゴルフの悲哀というか面倒くささが如実に感じられた。また、薄給の課長補佐などには、家庭サービスを放棄し、さらにはきつい出費の経済事情でもあった。民間企業におごってもらえるような省庁は良いですよね。まして上手くならなけりゃ何だか損したような気にもなった。タイガー・ウッズには絶対なれないことがわかって、筆ならぬクラブを折ったA君である。

カラオケ

世界史の中で中国の三大発明というのがあって、羅針盤・火薬・活版印刷だそうだ。そこで日本の三大発明が、二股ソケット、ゴム底足袋、亀の子束子《たわし》だそうだ（平和的だが規模が小さい）が、近年の発明品にカラオケというのがある。このカラオケはイグ・ノーベル賞にもなったが、特許を取っておけば、大金持ちだったというオチもある。

カラオケの歴史が興味深い。最初は「歌声喫茶」などというスタイルから進化。ウイキペディアによると「カラオケは、スナックなどの飲食業者の店舗や、ホテルの宴会場などに置かれることが多（く）……専ら酒席の余興という位置づけであった。（そして）曲の多くが演歌だった。（その後、カラオケボックスの広がりがあり）一九八〇年代半ば、カラオケのみを専門的に提供する、カラオケボックスとなった。これは酒のついでにカラオケを楽しむのではなく、純粋にカラオケで歌うために赴く場所であり、……岡山県において、廃車になった貨物列車・トラックのコンテナを改造して設置したのが始まり」(「カラオケ」『フリー百科事典　ウィキペディア日本語版』令和三年一月二十九日閲覧）とされる。

それにしても、「ある年代以上の日本人には『酒も入らない状態で人前で歌うこと』に対する拒絶反応が存在したが、それ以降の世代は（少なくとも気心の知れた仲間同士の前では）屈託なく歌って楽しむ」（引用同）傾向にあるのは面白い。人種が変化したたか。

今と違って娯楽の中心は、テレビの歌番組だったから、当時の流行歌に時代を感じる。昭和四十年代も途中からカラオケ文化に移行。結構、カラオケでストレス発散だったのかな。役所でも流行すると、意外な人物が、歌が上手だということがわかった。でも習性なのか、職場の連中と一緒だから昼も夜も一緒で、その上、上司までいたのだから、今から思えばストレス解消にはあまりなっていなかったかもしれない。田舎でも「カラオケ大会」で町村の文化祭が行われたり、ＮＨＫののど自慢だってその一形態であろう。新型コロナウイルス感染症の騒動でクラスター源の一つに「ヒルカラ」というのがニュースで報道されたが、「昼カラ（オケ）」とは最初はわからなかった。高齢になると声を出す機会が少なくなって健康に良くないとか。だから老人は大声でわがままを言ったり、逆ギレするのか。カラオケも有効だとの説もあったね。なかなか廃れない、非常に日本的な文化ですね。

囲碁将棋

史上最年少一七歳でタイトルを獲得した藤井聡太棋聖の快挙を見ながら思い出したのは、某次官のときにキャリアの採用で、W大出身者が入った。彼は同大で囲碁クラブの代表だったそうで、学生選手権とやらでも優勝したそうな。この次官氏、霞が関の囲碁の大会での優勝を期すため彼を採用。文部省の囲碁クラブは、各省庁の強豪チームを制して何度か優勝したみたいだ。似たような例は、九州の大学の事務局から野球の上手いノンキャリを本省に採用したケース。当時は省内運動会などがあって、甲子園経験の某くんが引き上げられ、その速球は誰も打てなくて、彼の所属する部署が連続優勝していた。同じ頃、省内文化祭があり当時隣にあった「虎ノ門ホール」で秋に学芸会もどきが行われていた。しかし数年経ったら、全部取り止めになったのはなぜかあまり理由がわからなかった。だんだん休日を削っても職場のみんなと何かをやろうという風潮が薄れたせいかもしれない。同じような理由で「職場旅行」というのもだいぶ後だがなくなってしまったね。個人主義もあり、少し遠い温泉旅行にいっても、宴会して麻雀しているのであれば、いっそ省内でいつもやっていることと大して違いがないことが、だんだんわかってきたのかもしれない。もう絶滅したけど、温泉地にはストリップ劇場などという怪しげなものがあったが、大先輩でなければもうわからない時代だろう。昭和の不思議な風俗の一つでした。

酒と哲学

昔の霞が関の方々の趣味は、「酒」というのが少なくなかった。娯楽が少なく時間もなかったせいだ。でも、今は、多彩な人はいるもので、ある落語会に行ったら、現役のお役所勤めの若手（おじさんたちからみれば課長クラスでも「若手」だ）がいて、素人ながら口座に上がって話をしていた。もっとも大学の落研出身だったから、理由はわかる。昔の先輩で「哲学」が趣味で著書まで出した人がいた。恐れ入るばかりである。

外務省の研修所で、イギリス人の語学講師に趣味を聞かれて、わがクラスは、ほとんどが「ない」とかせいぜい「酒を飲むこと」などと根暗な答えをしたら、まるで人間ではないみたいな評価をされた。外国へ行ったら、嘘でも趣味の一つは言えなくてはならぬ。できれば先方がやっていない（やれない）ものが良い。バレないし。能だとか歌舞伎、日本舞踊も良いかも。座禅とか茶道など純日本的なものが安全。披露して、と言われない程度が大事。他省庁の友人で超有名難関校出身者は、大学で茶道部を立ち上げたそうだ。奥さんの評価は、女性（女子学生）に会えるからでしょうとバカにされたそうだが一応名取りになっていたみたいだ。偉いね。フランスに派遣された先輩は空手だか合気道部の出身。柔道が盛んだから役立ったでしょうね。

虎ノ門を辞めてからバイオリンを始めた者もいた。中高年のピアノというのもありだ。先生が概ね若い女性だし、「猫踏んじゃった」以外にも一つや二つ弾けたらモテるかな。高齢になっても指を動かすのは、長生きの秘訣のようで、画家なんぞ結構な年齢でも現役作家ですぞ。

趣味を持っていないとブラック企業では息抜きできない。それと健康。心身ともに健康であることが大事だ。仕事なんていわば一過性のもので、人生百年と思えばその仕事の時間は短い。その後を考えるとまずは健康、そして伊能忠敬のように「隠居」後に日本国中を歩いて日本地図を作ったような趣味(仕事)ができたら理想だね。もっとも忠敬は隠居してお妾さんと暮らしたそうだから、そっちも含めて良い身分だ。

第八章　あの時代の課題

教室へのＰＣ導入計画

昔の文部省には、確か情報教育課というのがあったような気がする。主として、教育機器が出始めた頃で結構注目された時期だった。でも現代のパソコンやタブレット、電子黒板には遠く及ばない。

その後、平成に変わる頃だったが、コンピューターを使った教育が計画され始める時代だった。文部省は通産省とこれを教育に取り入れる計画に取り組み始めていた。そこで各種のハード、ソフトに関連する財団法人や関係業界、協会が立ち上げられ、それぞれの思惑に沿った動きが見え始めた。特にパソコンはまだ大きくて学校に一台とか将来は教室に一台、そして少しずつ個々の生徒に一台ずつ普及させる話も出始めていた。まだまだ海の物とも山の物ともつかぬ頃で、果たして教室に入れて使いこなせるのか、担当の教員もおらず、内容たるべきソフトも、まだまだよちよち歩きという現状。確かにパソコンは技術の進歩であっという間に安くなり、普及も進んで今やスマートフォンの形で個々人、小学生まで持っている時代になったが、当時はまだまだ普及前の段階で、たとえハードがあっても、次はさて使えるのか、どのようなソフトウエアが必要なのか、暗中模索の段階。「コンピューター　ソフトがなけりゃ　ただの箱」という川柳があって笑いものの時代。

一方で、ハードのメーカーにとっても突然大きな市場が出現したもので、各社、競って文部省にアプローチをかけていた。その段階で文部省にとって関心があるのは、中身すなわち教育用ソフトをどう作りどのように普及配布するかという問題で、実験校などでの事業実践やソフトメーカーでの教育用のソフト作成も検討することとなった。そこで、関係業界から金を集めて財団法人を作り、この計画を進展させるという方式を取っていった。

そこで経験したのは、従来の文部省では考えられない資金集めの仕組みで、それをかいま見ることができた。各ハードのメーカーが集まり、さていくら拠出してもらえるかを決める段になったら、「担当官は外してください」と言われ、会議室の外にいたら、やがて話し合いが終わって、最終的にはこのような配分になります、と結果を示されたのである。それは各社の資本金だったたか、パソコンのシェアだったたかの割合で按分した金額だったのだ。こうやっていわば談合して決めるというのが「習わし」らしく、後から種明かしされて納得した産業界にオンチの文部省だった。

日米戦争

さて、もう一つの大きな問題があって、どのようなＯＳを使うのかということだった。当時、アメリカのＯＳに対抗して、（密かに）通産省主導で我が国発のＯＳの開発が進められていた。学校への導入の前にどのようなＯＳによるパソコンとなるかという段階で文部省と通産省のせめぎあいになっていたのである。担当の通産省の課長補佐の言葉が忘れられない。「日米戦争になったらパソコンのソフトの供給がストップする。だから日本独自のＯＳを作る必要がある」。他方、教育関係から言えば、「生徒や学生は学校を卒業し社会に出たらそこで使われている機器とソフトを使うはず。であれば学校で教育するときも、社会で使われているものにすべきではないか。いくら日本独自のソフトの開発が絶対必要だとしても、その実験と普及の場を学校教育にしてはならないのではないか」という主張だ。世界観の相違といえば大げさだが、今更「日米戦争」でもあるまい、と思ったのである。ある日、この動きがS新聞にすっぱ抜かれたことがある。この通産省の担当課がリークしたに違いないと推測して、抗議したら、「わが課ではS新聞は取っていないので、知らない。関知していない」と宣（のたま）わった。開いた口が塞がらないとはこのことを言うのだろう。普通、霞が関の各官庁は主要新聞は漏らさず購読するのが常識。言い訳もここまでになったら、ウソが見え見え。厚顔無恥とも言う。

そもそも「日米戦争」の話たるや荒唐無稽でしょう、翻ってみてどちらが正しかったかはわからない。

JAL一二三便

ところで、一見無関係に見える話だが、覚えているだろうか。昭和六十年（一九八五年）八月十二日、群馬県御巣鷹山に墜落した日本航空一二三便の事故だ。小説『墜落の夏』（吉岡忍著　新潮文庫）を読んだら、あれだけ多くの人が乗っていたのだから当然ではあるが、文部省に関連のある方も少なくないことがわかる。すなわち、夏休みもあって高校生や大学生も多く、関西の両親の元に帰省したり、夏休みの旅行というケースもある。留学先のアメリカから大阪へ戻る男子学生や、西ドイツから戻る女子学生、さらには日本航空の英語講師だったアメリカ人の学生もいた。教育関係といえば、私立の幼稚園長、大学の理事、育英会勤務の職員、さらに脳生理学の研究者の大学教授は、筑波で開催された研究セミナーと文部省で行われた研究プロジェクトの打ち合わせを終えて搭乗していたという話も伝わっている（同著一六三ページ）。多くの優秀な人材（未来のも含め）が失われたといっていい（当時のニュースを見ると次のようなことがわかる）。

「一九八五年八月十二日、乗員乗客あわせて五二四名を乗せた羽田空港一八時〇〇発伊丹空港行き（一八：五六着予定）の日本航空一二三便（B七四七SR・JA八一一九）が羽田空港を離陸。しかし離陸して約三〇分後に、機体に異常が発生。操縦不能に陥った機体は迷走を続け、パイロットの必死の努力もむなしく、異常発生の約三〇分後に群馬県と長野県の県境にある御巣鷹山の尾根へ墜落した。当日のJAL一二三便はお盆の帰省シーズンであること、当時開催中のつくば万博からの帰り客がいたことなどから、ほぼ満員となっており、乗員乗客五二四名が搭乗していたが墜落によりその内の五二〇名が犠牲となった。犠牲者には歌手の坂本九、元宝塚歌劇団の北原瑤子、阪神タイガース社長中埜肇、ハウス食品社長の浦上郁夫、コピーライターの藤島克彦ら数名の著名人や、甲子園球場で行われていた夏の高校野球を見に一人で搭乗していた小学生なども含まれている。事故の前日には東京でコミックマーケットが開催されており、コミケ帰りに事故に遭った参加者や、当時絶大な人気を誇ったアニメ雑誌「ファンロード」の同人作家緋本こりんもこの事故で亡くなっている」

「トロン」

この犠牲者の中に、TRON（トロン）という日本製のOS（オペレーティングシステム）の開発者が乗っていた。関係の一七名がこの墜落事故で全員亡くなっている。TRON（トロン）は、東大教授の坂村健によるリアルタイムOS仕様の策定を中心としたコンピュータ・アーキテクチャで、このプロジェクトがトロンプロジェクトである。

ちょっと怪しい「陰謀説（撃墜説）」があるのだ。すなわち、この事故の裏にはアメリカがあるというもの。詳しくはネットなどで検索してみてはどうでしょう。多分、根も葉もないものでしょうが、ちょっと興味を引く。単純に言えば、パソコンや情報社会の黎明期の覇権争いに巻き込まれて、この開発者が乗った航空機を墜落させたというもの。前述の「日米OS戦争」がらみか。

どこまで本当の話なのかわからないが、確かに当時パソコンに進出しようとしていたM社はこの事故で優秀な技術者を失い、一時期相当に出遅れ、最近になってやっとモバイル型で人気の商品を出せるようになったといわれている。ミステリ話みたいだが、ありそうなところが恐ろしい。そんな時代の話なのです。実際、この事故で優秀な主要技術者を失った当時のM電器の関係者から直接話を聞いたことがある。その結果、同社のパソコンの開発、販売は大幅に遅れていましたね。

組合の功罪・日教組との対立

さて、日本教職員組合（「日教組」と略される）は、終戦後、戦争反対、二度と戦争をしないという世論を背景に「教え子を再び戦場に送るな」をスローガンに、教育の民主化、民主国家の建設をその使命として発足した。同時に労働者としての組合の側面も有していた（総評参下の有力団体であった）。

日教組は、朝鮮戦争（一九五〇年）以降「逆コース」政策に対して政府批判を強めて、特に五五年体制下の対立構図が明確になって以来、日教組は政府・自民党とは対立関係にあった。そのため、文部省とも対立の歴史を歩むことになる。これを文部省の側で説明すると、次のようになる。当時の文部省の政治的立場は、自民党の文教族の意向に大きく影響されている。彼らは各自の選挙区で野党、特に社会党と対立しており、その応援団体である日教組は自身の当落に関わる大きな関心事。したがってその勢力を削ぐことは党としても何としてもやりたいことだった。一方、ここで与党に貸しを作ることで、霞が関での力を強くすることができるのだから、文部省としても当然、相乗りしていくことになる。後年、そのために文教族の支配下に置かれた遠因ともなっているわけだ。

最初は宿日直拒否闘争があった。根底にあったのは、教員の職務をどう見るのかという問題で、当時の教職を組合側は「労働者」だと主張、その結果、宿日直など超過勤務手当を支給すべしとなる。一方、県や国は、いわゆる「聖職者」論を盾に、教育という崇高な職にいる以上、（宿直や日直などは、学校の仕事だから）教員として当然含まれる職務なのだという主張になり、妥協点の見えない対立構造を呈していた。様々な裁判事例もあり、法廷闘争も少なくなかった。後述の学力テストの反対運動もあって、実力行使の反対闘争も行われ、職務違反で裁判事件になっていたり、ストライキを指導した組合委員長などの解雇が裁判所で争われてもいたのだ。この宿日直をめぐる対立を解消したのが、給特法（公立学校の教員の給与について定めた法律。「公立の義務教育諸学校等の教育職員の給与等に関する特別措置法」の略称。昭和四十六年に制定）である。これは、教員の職務は勤務時間の管理が難しいという特殊性を考慮し、休日勤務手当や時間外勤務手当などを支給しない代わりに、給料月額の四％を教職調整額として支払うことを定めた。

法律成立当時の平均残業時間が月八時間だったことから、四％が算定されたが、その後、教員の仕事内容が年々複雑化し勤務時間も長引き（今や、ブラック企業ともいわれる）、この法律が実態と合わなくなったといわれているのだ。でも、当時は画期的な解決策だったといえる。

余談だが、この法律の略称をどうするかの議論があって、給与の特別措置なのだから「給特法」がいいという説があったが、当時「教育公務員特例法」があって「教特法」が定着、紛らわしいと却下されたけど、現在、復活しているのが可笑しい。法も世につれ……歌にはつれないけど。

学テ事件

一九五六年から六五年にわたって、文部省の指示によって全国の中学二、三年生を対象に実施された全国中学校一斉学力調査（学テ）について、これに反対する教師（被告人）が、旭川市立永山中学校において、学テの実力阻止に及んだ事件だ。被告人は公務執行妨害罪などで起訴された。一審（旭川地方裁判所昭和四十一年五月二十五日判決）、二審（札幌高等裁判所昭和四十三年六月二十六日判決）ともに、建造物侵入罪については有罪としたが、公務執行妨害罪については前記学力調査は違法であるとして無罪とし、共同暴行罪の成立のみを認めた。検察側、被告人側双方が上告。一部上告棄却、一部破棄自判・有罪。

この裁判では、子供の教育を決定する権限（教育権）が誰に所属するか、教育を受ける権利としての学習権の存在、教師の教授の自由が問われた。最高裁判所は、教育権の帰属問題は、「国家の教育権」と「国民の教育権」のいずれの主張も全面的に採用できない（折衷説）。児童は学習をする固有の権利を有する（学習権の肯定）。教師に教育の自由は一定の範囲において存在するが、合理的範囲において制限されると判示し、学テは合憲であると結論付けた。その実施を妨害した被告人に公務執行妨害罪の成立を認め、原判決および第一審判決を破棄して執行猶予付き有罪判決を自判し、被告人側の上告を棄却した。

岩教組学テ事件もこの時期だった。学力テストに絡んで、一九六一年に反対行動として労働組合員による争議行為を起こした岩手県教員組合でも地方公務員法違反、道路交通法違反事件が起きた。これも、本判決と同日に大法廷で判決が言い渡されている。主たる争点は、地方公務員の争議権の問題だった。昭和五十一年五月二十日、最高裁は、「地方公務員も、憲法二八条の労働基本権は保障される。しかし、その地位や職務は、「地方公共団体の住民全体の奉仕者」として「直接公共の利益のための活動の一環をなすという公共的性質」を有するのであって、さらにはその労働条件も……地方公共団体における政治的、財政的、社会的その他諸般の合理的な配慮によって決定されるべきものである」ことから、私企業の労働者と同視して地方公務員に対し争議権を認めることは、「かえって議会における民主的な手続によってされるべき勤務条件の決定に対して不当な圧力を加え、これをゆがめるおそれがある」。また、地方公務員法六一条四号が罰則の対象としている争議行為の共謀・そそのかし・あおりといった行為は、争議行為を成り立たしめる「原動力をなすもの」であって、「このような行為をした者に対して違法な争議行為防止のために特に処罰の必要性を認め、罰則を設けることには十分合理性があ」（り）……これを憲法二八条違反とすることはできない」として、有罪の判決を言い渡した。

学テについては、全国で反対闘争などが相次いだことから、昭和四十年に全員調査を中止し、その後昭和四十一年、（旭川地裁判決で、学力調査が違法と認定されたこともあり）、この年を最後に学力調査は完全に中止となった。後年、二〇〇七年にいたり、全員を対象とした学力調査が再開されたが、今度は以前のような反対闘争にまではならなかったのは、日教組の衰退と関連しているのかわからない。個人的には、そんなテストで成績が悪いのがバレなくて良かった気もするが（劣等生はつらい）。

学校五日の裏

日教組との間で対立解消につながったのが「学校五日制」の成立だ（と個人的には思う）。組合の主張はそもそも「週休二日制」だった。誰か知恵者がいて、週休二日では世間の反対が強まると読んだのか、これを学校主体の言い方で「五日制」と呼び始めた（文部省側の知恵者とも推測される）。上手い作戦だ（当時、誰も異を唱えないのが不思議)。

当時の日教組の委員長は槙枝元文氏。組合側としては世間並みに週休二日を要求するのは、労働者の立場としては当然とも言えるが、ストレートにそれを主張すると自民党や右よりの方々からは猛反対に遭っただろう。これを実現するためには、他方で教育内容を減らさなければならない。それが「ゆとり教育」の学習指導要領の改正となる。単純な話なのだ。裏を返せば、「ゆとり教育」は教員の週休二日制実現のための必要(悪)だったのでしょう。社会が豊かになって組合活動で労働条件を改善していこうという流れがなくなってしまったことも、今の組合参加率が三〇%あるかないかという現状に表れているような気がするのは私だけではあるまい。

その後、日教組は一九九五年、自民・社会・さきがけ三党連立による村山内閣の誕生により、長年対立関係にあった文部省との協調路線に転換した。今までのストやら裁判沙汰は何だったのだろうか、違和感が漂う。

国旗・国家

その後、日の丸君が代問題がニュースを賑わす。文部省と日教組は、日の丸と君が代をめぐっても対立した。「国旗である日の丸を掲げ、君が代を斉唱することは、当然である」というのが政府の見解。一方、日教組は「戦争のシンボルである、日の丸、君が代は戦争を認めること、助長することにつながる」と主張（いつまでもアナクロな視点が抜けないような気もしますが）。また、日の丸が国旗であること、君が代が国歌であると規定されていないことも、反対の根拠としていた。これを受けたかどうか知らないが、与党と文部省は国旗国歌法を制定。これは、日の丸が国旗であり、君が代が国歌であることを正式に規定した法律である。この国旗国歌法の制定をもって、日教組は国旗掲揚や国歌斉唱に対する反対運動を中止した。それでも一部のグループは、卒業式などでの日の丸掲揚に反対したり、伴奏のピアノを弾かなかったりで、裁判沙汰になったことが少なくない。一部の国立大学は（左翼の教員や学生の反発を恐れて）国旗は学長室に掲揚して、文科省には「掲揚した」旨報告したところもあった（知恵ですね。文部省も黙認。お互い大人の関係ですな）。

そもそも、欧米の国旗だって、その歴史には戦争や革命の流血事件が染みわたっているだろう。日本の国旗だけ反対論があるのは不思議。まあ、一部の国民性なのだろうか。

裁判事件もあった。東京都教育委員会による入学式や卒業式での国旗掲揚・国歌斉唱の強制に対し、このような強制は、教育の本質に反するとともに憲法の保障する思想・良心の自由を侵害するものだとする訴訟が、いくつも提起されている。そのうちの一つ、都立学校の教職員が、卒業式等において「国旗に向かって起立し国歌を斉唱する義務」がないことの確認などを求めた訴訟の控訴審判決（東京高裁）がある（平成二十三年一月二十八日判決）。この訴訟の第一審判決（東京地裁平成十八年九月二十一日）は、この問題に関する訴訟のなかでは唯一、教職員に対し「国旗に向かって起立し国歌を斉唱する」ことを強制するのは憲法一九条の思想・良心の自由を侵害するものだ、と述べた判決であった。そのうえで、第一審判決は、教職員に起立・斉唱義務やピアノ伴奏義務のないことなどを認めた。しかし、控訴審判決はこれを全面的に否定し（そもそも訴え自体が不適法だという）、国旗掲揚や国歌斉唱は一般に広く行われていることであって思想・良心の自由とは関係がないとした。しかし、教育の場にこんな争いがあって、子供たちの目にさらされているなんて、悲しくはないか。

紆余曲折の果て、このように対立を繰り返していた日教組と文部省だが、その対立も終わりを迎えた。きっかけは、ソ連の崩壊だ。社会主義に対する幻想が打ち砕かれ、日教組の思想でつながっていた共産党や社会党が、国民の関心、共感を失い、同時に日教組も急速に求心力を失い、昭和三十三年には教員の八六％が加盟していた日教組だが、平成二十三年には二六％にまで低下している。戦後長く続いてきた、教育をめぐる（政治的）対立は終わったといえる。いわゆる五五年体制の崩壊だ。昔日の感がある。

省庁再編

橋本内閣のときの行政改革で、霞が関が現在の一二省庁に再編された。政治としては、形が残るし、役所の改革がアピールできる。しかし、大臣ポストが減って政治家は困っているかもしれない。大臣適格者が大量に滞留し、副大臣や政務官などというポストでごまかしている。それは当然ながら役所には評判が悪い。はんこを取ったり、説明する人間が多くて仕事が溜まるのだ（行政の遅滞の原因の一つ。おまけに威張って困る）。

当時の大蔵省は先輩が「なんで太政官時代からの由緒ある大蔵の名前がなくなるのか」と現役に文句が出たそうだ。実は橋本総理が大蔵大臣だったときにあまり良くしてもらわなかったので、つぶしてしまえと言ったとか噂があった。文部省も、科技庁と一緒になるからといって単純に省庁名を並べるのも芸がない（文部は広い意味があって科学技術だって含まれているといえないことはない）が、何年もたったら違和感が薄れたね。それにしても、（文部省も）太政官時代以来の名称が消えたのは寂しくありませんか。防衛省だって庁から昇格するときに「兵部省」になれば良かったのに。今でも厚生労働省は所管の範囲が広すぎて一人の大臣では大変だと分割論が出ている（内務省その一とその二ではどうか。冗談です）。また、総務省の情報分野と経産省のエネルギー庁を一緒にして新しい省（情報・エネルギー省）を作ってはどうかなど、現在になると一部に手直しや修正の必要性が出てくるものですね。

当時、大先輩から、新聞に載った記事に文部省の順番が後ろの方になっているのはけしからんと言われた。「でも、映画でも歌舞伎の看板でも有力なスターは最後の方に出ることもあります」と反論したら静かになった。大先輩に対し恐れ入る話ではありましたが。「二枚目」とか「三枚目」の言葉は歌舞伎の看板の順番にちなんだ言葉で、それぞれ意味がある。それでも、未だに文部と科技で次官を交代で出すなんて時代錯誤だ。民間でも銀行の合併で同じようなことが起こってはいますがね。統一してからの採用者がそのポストに就くまで三〇年くらいたたないと直らない風習なのだろう。

横道にそれるけど、文科省も新築されて執務環境が良くなったかもしれない。しかし、廊下に窓からの明かりがなくて（以前は内廊下からの採光があって明るかった）、薄暗くひっそりしているところは、まるで監獄（入ったことがなく憶測に過ぎないが）みたいでつまらぬ。

旧自治省はかつての内務省のビルにあって、若手が課長にそろそろ新しい建物に変えてほしいですね、と言ったらその課長が「馬鹿者、あの窓、この廊下や階段など、みんな先輩の汗と涙がしみこんでいるのだ。おろそかに改築などまかりならん」と言ったとか。ちなみに内務省系の役所は課長席が外側の窓に向かっており、部下は課長の背中しか見えないとか。今はどうか知らないが、伝統とは恐ろしい。

第九章　事件

昭和四十年代の学生運動

この年代は、学生運動が吹き荒れ、日米安保改定反対の大きな騒動があった年として記憶される。しかし、四十年代に入ると、そのピークと突然の沈静化が訪れた。文科省のホームページによれば（学制一二〇年史）、「学生運動は、昭和三十年代においては、日米安保条約反対闘争などをめぐって運動が過激化したが、四十年代になると、政治闘争に加えて大学の管理運営や学費値上げなど学園問題を取り上げ、一般学生を巻き込む形で大学内における紛争が頻発するようになり、四十四年一月の東京大学安田講堂事件の前後から、大学紛争は全国に拡大し、過激化、長期化した。このころ、欧米諸国においても、ベトナム反戦運動等を契機として、学生運動が多発したが、これらは戦後に生まれ育った学生、大学の大衆化、新左翼の台頭など共通する背景を有しており、我が国の学園紛争もこのような国際的な時代の流れの中にあったといわれている。しかしながら、四十四年八月、長期間の紛争校に対する教育等の停止・休止措置等を内容とする大学の運営に関する臨時措置法が成立してからは、各大学における大学改革への取組が進むとともに紛争の自主解決が図られ、同年十一月以降は急速に鎮静化の方向に向かい、一般学生の学生運動離れが進行し、闘争の場は学園外に重点が移るようになった。このような中、孤立化した過激派の暴力的党派抗争が多発して死傷者も数多く出た。また、四十七年には学生を含む過激派集団によって連合赤軍リンチ事件や浅間山荘事件などが引き起こされ、社会を驚かせたが、大学の問題として論議されることは次第に少なくなった。このように紛争事案は減少したものの、過激各派が一部の学園施設を政治闘争の拠点として利用し、勢力を拡大しようとする動きはいまだ続いている。闘争目標とされた主要なものには、「成田空港開港」（五十三年）、「東京サミット」（六十一年）、「大喪の礼」（平成元年）、「即位の礼・大嘗《じょう》祭」（二年）がある。」

流行

今から思うと、一種の流行に近いのではないか。パリの「カルチェラタン」での学生運動や東大紛争（これのきっかけは医学部の研修医制度など）、早稲田の運動は学費値上げ反対だった。さらに日大闘争などもありましたね。学生運動のない大学なんて、大した大学じゃあないのではないか、の風潮すらあったような気がする、というのは言い過ぎか？（一九六八年の日本で、学生による授業放棄、ストライキ、建物の封鎖占拠のいずれかが起きた大学は、四年制大学の三四％（一二七校）にのぼる。一九六九年、この数字は四一％（一五三校）と、さらに増えることになった（数字だけ見ると、何も起こらなかった大学もあったのですね）。

学園闘争で学生たちが取り上げたのは、まず、学生の権利拡大や学費値上げ反対、大学施設（学生寮など）の管理権といった大学内の問題だった。しかし、それだけでなく、そこから出発して、産学協同や国家による大学の管理強化といった高等教育政策、さらにはベトナム戦争における日本の対米協力まで批判しながら、学生たちは大学執行部と対峙する場合が多かったように思う。

東大紛争

一九六〇年代後半の学園闘争のなかでも、東京大学と日本大学での闘争は、期間の長さや参加人数の多さ、他大学への影響力、メディアの注目といった点において、突出していた。東大闘争は、全国の医学生たちが一九四〇年代後半から連綿と続けていた、インターン制度の廃止を要求する運動に端を発している。インターン制度は、医学部卒業後に無資格無給での研修を義務づけるもので、医療現場の人手不足を補うためにインターンが利用されている側面もあった。東京大学医学部では一九六八年一月に医学部全四学年がストライキを開始した。このストライキの過程で、インターン制度反対運動に従事していた学生の大量処分を医学部教授会が行った。退学四名を含む合計一七名が処分されるという、過去に類例のない厳しい処分だっただけでなく、処分された学生のなかに、処分理由となった事件の現場にいない者まで含まれるという、杜撰な処分でもあったといわれている（そりゃお粗末だ）。

一九六八年六月十五日、インターン制度問題と学生処分に関する訴えを医学部教授会が取り上げる気配がないことから、この問題をより広くアピールするために、医学部生たちは本郷キャンパスの安田講堂を占拠した。これに対して、二日後の六月十七日、東大執行部は学生たちを排除するために機動隊を導入した。警察力をキャンパスに入れて学内問題の解決を図ることは、当時の学生たちの感覚からすればキャンパスの自治と自律性を侵す暴挙だった（しかし、今から振り返ると、学生ですら大学を神聖化していたのではないか。さらにはこれを政治問題化して騒ぎを大きくしたいという思惑だってうかがえる）。

この機動隊導入をきっかけに、医学部をこえて、大学執行部に医学部生の処分撤回や機動隊導入への謝罪を要求する動きが学生たちのあいだに広がっていく。東大生たちは、学部や大学院ごとに、学生大会を開いて議論をしながら、抗議活動を展開していった。

そして、六月二十六日、文学部の学生自治会が無期限ストライキを決定した。これを皮切りに、夏休みをはさんだ十月初旬までに、東大の全一〇学部の学生たちが、続々と無期限ストライキを開始していくことになった（参照「一九六〇年代日本の学園闘争　一九六八―六九年　東京大学でなにが起きたか」https://www.goethe.de/ins/jp/ja/kul/sup/zei/21294114.html）。

当時を振り返って思うのは、学生として渦中にいては客観情勢がわからないものの、機動隊がキャンパスに入って騒動を抑え込むと同時に、入試中止などをちらつかせた大学への強制的教育の停止が、象牙の塔といわれた教授陣に与えた影響が意外や簡単に紛争を抑え込んだことだ。それまでの権威としての大学の地位が墜ちた象徴としての東大安田講堂の陥落のように思える。

その後の左翼のゲバ騒ぎとかつての仲間同士の抗争、そして連合赤軍事件に至る一連の事件が一般学生の政治離れを引き起こしたのではないだろうか。一番おかしいと思ったのは、先頭を走って、先導した連中が、突然、普通の市民に戻って資本主義の中で生きていたのに、それに先導されて後ろをついていった思想にかぶれた不器用な学生たちがそのまま戻れなくなっていたのが、悲劇に思えて仕方ない。

三島事件

学生紛争に象徴されるように左翼勢力の活動に対抗した動きもあった。その一つが、昭和四十五年（一九七〇年）十一月二十五日に起きた三島由紀夫の市ヶ谷駐屯地での自死事件で、忘れがたい。三島は、「楯の会」と自称する学生戦士集団のメンバー四人とともに、市ヶ谷の陸上自衛隊駐屯地（東部方面総監部）に押し入り、建物のバルコニーから、自衛隊は天皇を中心とする日本の歴史・文化・伝統を守るという建軍の本義に立ち戻るべきだとして、蹶起を呼びかける演説をした。三島にとっては自衛隊のクーデターを呼びかけたのだろう。しかし、それに呼応する者がなく（期待していた精鋭部隊は演習とやらで出かけており、残っていたのは関係ない通常の本部勤務者たちだったそうだ。ちょっと間抜けな話ではある）、総監室で割腹自殺を遂げたのである。一緒に訪れたメンバーは学生長の森田必勝のほか、K、O、Kの合計四人。最初に三島の介錯を行ったのは森田だったが、最後まで首を切ることができず、やり直した人物がおり、後年、（A君が説明してくれたところでは）彼が高校の同級生であったことが判明して非常に驚いたそうだ。「高校時代に剣道部だったからなぁ」という同級生の感想も思い出したそうだ。まさか剣道部は介錯の仕方など教えてはいなかっただろうけど、剣道の応用だったのでしょうかね。この前夜に関係者が会食した鳥料理屋が新橋にあって後年、一度訪れたことがある。本当かどうか良くわからなかったのはご愛敬。でも生きていればノーベル賞もあったかもしれないという三島に関する歴史のＩＦですな。

「リクルート事件」

バブルの時代の文部省にかかわる最大の事件は、「リクルート事件」だ。

当時は、バブル経済のとき。株や土地が値上がりし、それを担保にお金が借りられて、さらなる投機を生んだ。その時代に一躍寵児となった経済人の一人が、リクルート社の江副浩正社長。彼は、子会社の不動産会社リクルートコスモスの未公開株を政治家や官僚、有力な経営者、マスコミなどに配った。一株三〇〇〇円程度で譲渡したが、公開初値は五二七〇円になり、これをすぐ売ったらその差額が自分の懐に転がりこむという仕掛け。一種の賄賂でしょう。権力に近い人間にこのような特別な便宜を図ったわけだ。このような未公開株を配った理由は、ＮＴＴの通信回線のリセールともう一つは文部省の就職協定問題。そのためこの株が真藤ＮＴＴ会長や加藤労働省次官、高石文部省次官に渡った。当時のリクルートは情報通信分野に進出を計画しており、創業の就職情報の関係で就職協定は重要な課題だった。バブルの時代に重なって土地高で儲ける不動産業の会社を作りその未公開株をばらまいた。

リクルートの株をすべて手放し、その後、社会に復帰した彼が目指したのは、オペラの公演を主催することで、その舞台を映像として販売することをめざしたが、総合芸術としてのオペラは王侯貴族のような大金持ちでなければ成り立たないパフォーミング・アートの一つ。経費が非常にかかる。ちなみに新国立劇場が最初に主催したオペラ「アイーダ」はイタリアの映画監督でもあったゼッフェレッリの作だが、六億円かかったといわれている。

あるとき、江副氏とその友人たちのグループのパーティーに参加したことがあった。もう事件から何年もたっていたときだったがその一人が、「この事件は江副だけを悪者にした国策捜査だ」と言っていたのが印象的だった。すき間産業が産業界の鬼っ子とされ、新興企業や金にまつわる新しい考えを受け入れがたいとする経団連型の産業界の意を体した検察の捜査であったかのような印象だ。ホリエモンのライブドア事件や村上ファンドなども、どうなのでしょうね。

「妻が」

この事件で問題になった文部次官は、（この未公開株を受け取った政治家の多くは「秘書が……」と責任逃れをしていたが）株を受け取った理由を「妻が……」と言ってひんしゅくを買った。しかし、彼のことを知る多くの者は、彼が恐妻家だったことを知っており、本当のことを言っていたのに……と同情しきり。後年、財務省の次官が記者にセクハラだか何だかを行って辞職したが、彼の夫人がこの次官の娘だったといわれていたが、ネット情報だから真偽は不明。本当なら、因果はめぐるみたいな因縁話に近い。くわばらくわばらである。

このリクルート事件は検察が大掛かりな捜査を行ったため、特に関係の部課では書類の多くを押収され、おまけに関係者の事情聴取も行われた。リクルートは当時安比高原にゴルフ場をもっており多くの者がゴルフの接待を受けていたらしい。関係者以外はよくわからない状態なので実態は不明だ。相当多くの者が捜査対象となる。管理職だった某氏は法曹会館の横の古びたビルに呼び出され、相当厳しくリクルートとの関係を追及された。数時間の事情聴取の後、やっと解放されてドアを出たら、入ってきた方向がわからなくなっていたそうだ。相当血圧も上がったでしょう。いろいろなところで、「国策捜査」みたいな話も聞くが、取り調べというのは同じ霞が関の住民とはいえ、容赦のないものらしい。でも、検察が作った「スジ」に合わせて証拠や証言を集めていると、厚生労働省の村木事件のような贈収賄のえん罪も出てきてしまうのではないか、と心配になる。

自白しない方法

昔、のちに検事総長になった検察官に話を聞いたら、役人や銀行員は簡単に自白する、と言っていた。なぜなら彼らは論理が破たんすると「恐れ入りました」状態になってしまうという。これに反して絶対に自白しない方法は完全黙秘だそうだ。ちょっとでも会話になるとそこでお終いになる。たとえ「黙秘します」といっても捜査する側は「黙秘ってどういうこと?」とか言って話の糸口を見つけて会話を開始する。そうするといつか論理の破たんが出てきてそこでアウトになるそうだ。同氏いわく「捕まらないのが一番だが、逮捕されたら絶対口をきかないことだ」とのことだ。経験上から聞いた話かも知れないが教えてくれた中に、絶対に自白しない人間が二人いたそうだ。一人はロッキード事件の田中角栄。彼はペラペラとしゃべりっぱなしで、一切事件に関係したことは話さなかった。もう一人は赤軍派事件の永田洋子。彼女の場合は完全黙秘で名前も言わない。取調中にやっていたのは、ハンカチを三角形に折りたたみ最後まで行ったら、今度はゆっくり拡げるだけ。全てこれで通したそうだ。「いつか逮捕されたら、この方式が良い」とのアドバイスであった。幸い逮捕されたことがなかったので実践の機会はなかったが。最近読んだ本で、中村喜四郎議員が完全黙秘だったそうだ。意思が固くないとできないですね。

「オウム事件」

虎ノ門にいても、最初は何のことかわからなかったのがオウム事件だった。「オウム」なんて理科の電気のところに出てきた抵抗の単位だろうくらいの認識。これが宗教団体の名前でそのうち衆議院選挙まで関わってきて、やっと何という団体なのかわかってきた。

警視庁のホームページでは次のように書かれている。

「オウム真理教とは　オウム真理教（以下「教団」といいます）は、麻原彰晃こと松本智津夫が教祖・創始者として設立した宗教団体で、かつて、同人の指示のもと、宗教法人を隠れ蓑にしながら武装化を図り、松本サリン事件、地下鉄サリン事件等数々の凶悪事件を引き起こしました。／平成三十年七月、一連の凶悪事件の首謀者であった松本をはじめとする一三人に死刑が執行されましたが、その後も教団の本質に変化はなく、松本への絶対的帰依を強調する「Aleph」をはじめとする主流派と松本の影響力がないかのように装う「ひかりの輪」を名のる上祐派が現在も活動しています。／教団による凶悪事件／平成元年　信者リンチ殺人事件、弁護士一家殺害事件／平成

六年　元信者リンチ殺人事件、サリン使用弁護士殺人未遂事件、松本サリン事件、信者リンチ殺人事件、ＶＸ使用殺人未遂事件、ＶＸ使用殺人事件／平成七年　ＶＸ使用殺人未遂事件、公証役場事務長逮捕・監禁致死事件、地下鉄サリン事件」

地下鉄サリン

平成七年三月二十日に発生したのが、地下鉄サリン事件だ。ウィキペディアによると「（前略）宗教団体のオウム真理教によって、帝都高速度交通営団（現在の東京メトロ）で営業運転中の地下鉄車両内で神経ガスのサリンが散布され、乗客及び乗務員、係員、さらには被害者の救助にあたった人々にも死者を含む多数の被害者が出た。一九九五年当時としては、平時の大都市において無差別に化学兵器が使用されるという世界にも類例のないテロリズムであったため、世界的に大きな衝撃を与えた。毎日新聞では、坂本堤弁護士一家殺人事件、松本サリン事件と並んで『オウム三大事件』と表現されている」。

Ａ君はこの日は出勤したが、事件が結構朝早かったので自分の出勤時間とはずれており、被害には遭わなかったそうだ。また、霞ケ関駅を通らない銀座線だったのが幸いしたと思う。でも霞が関の警視庁寄りのところなど救急車などの出動でごった返しており、最初は交通事故のような様相を呈していて、テロ事件とはわからなかった。

こんな地下鉄でのテロで一般人を巻き込んでどんな効果があるのか全く意図不明だと思われる。

　あるときこれに絡んで上司に話した。「あんな時間帯では政府の中枢なんてやられませんよね。もっと遅い時間で出勤する課長や局長などを狙うべきでしょう」。これの答えは「ばかやろう」。

法改正

　宗教関係は、文化庁に宗務課というのがあって、そこが所管している。日本には八百万《やおよろず》の神がいて、宗教法人自体もかなりの数。その信者数を合わせると日本の人口の何倍かになるそうだ。いかに不信心かの例でもあろう。信者と経典(のようなもの)さえあれば成立する。聖と俗に別れ、行政は聖なる部分には口出ししないのが原則。複数の都道府県にまたがる法人は国が所管する。

　冗談で、我々も宗教法人を作ってみたらどうかと提案した。わら人形を売りつけて、丑三つ時に五寸釘を打ち付ける。嫌いな上司や部下などの御札も売る。ステンレスと銀製と金の釘があって数万円で売ろう、となったが、馬鹿馬鹿しくて立ち消えとなった。案外、需要は少なくないと見たが。

　事件後、文化庁が所管の宗教法人法を改正することになった。同法は、信教の自由を尊重する目的で、宗教団体に法人格を与えることを主たる目的とするものだが、一定の要件を満たしていれば、所轄庁は認証しなければならなかったことや、社会を暴力で混乱させる準備や行動をしている宗教法人を、通常では見つけ出せないことなどが問題となり、法律改正を求める声が高まった。一部の宗教団体は改正に反対したが、同法としては大きな改正がなされ、平成八年九月に施行された。

法改正で、宗教法人に対し、役員名簿や財産目録などの書類提出が義務付けられ、違反した場合には代表役員などに対し、過料が科せられるようになった。宗教法人は税制上の優遇措置が与えられるが、「非課税特権」で得た利益を、どんな目的に使ってもわかりにくいといわれている。

よくわからなかったのが宗教法人側の反対論。要するに法人格を取り消すことがあるのが怖かったのか、政府の関与を恐れたのか。それを説得するのがなかなかやっかいであった。そのとき始めて信濃町にある創価学会の本部を訪れた。あの辺り元総理の池田勇人邸も近くにあったが、いつの間にか学会関係の建築物だらけになっていて驚いた。普段行くところでもないし、せいぜい四谷の居酒屋止まりだったからね。

立派な本部の建物だった。また、当時の秋谷栄之助会長と会ったことがある。副会長が複数いて、政治関係の副会長と仲良くしてもらったが、昔の政治話が面白かった。余談だが、政治部の新聞記者（Y紙、S紙、N放送）などが時の総理に閣僚名簿を作った話もあったが、もう時効だから書いても良いか。その後の選挙のときに電話などで投票を頼まれたのが可笑しい。創価学会は法改正について話せばわかる相手だったが、キリスト教関係が少々説得に時間がかかったように記憶する。野党や左派の弁護士などはなぜか反対に回ったが、ともあれ国会の審議は淡々と進み、法律が成立した。できてしまえば、あの反対はなんだったのかの世界である。反対論があるためか、世界的なテロ行為だったにもかかわらず、破防法が適用されなかったことが痛恨の極みだ。なんと平和ぼけの国民なのか。

おまけのような話だが、当時の担当課長は学者肌で、その後、宗教法人法の解説書を著した。余録のような感じだが立派なものだ。ところで、文化庁には著作権課があって、ここを担当すると、改正のたびに解説書が書けるし、将来学者への道が開かれ、何人かはその道を歩んでいる。どこでも大きな法改正があると、後に解説書が出せる。あまり需要もなく買ってくれないけど、課の収入になるのでありがたい。

週刊誌

未だにわからないのが、なぜ高学歴の若者たちがこの宗教のうさんくささに気がつかなかったのかということだ。だいたい、霞が関から見たら、組織に○○省などという名前をつけて政府気取りというのも感覚がわからない。虎ノ門にあった余波に、某高官の息子さんが山梨の施設に行っていたというのがある。それを知り得た顛末は次の通り。

あるとき、元大臣と（当時の）次官が浅草で飲んでいたところに呼ばれた。暇に見えたか、ほかの皆さんが上手く逃げたのか、ともかく同席して酒を飲んでいたら、その政治家の秘書氏が週刊誌情報だったかで、文部省高官とオウムの関係がすっぱ抜かれるという話を教えてくれた。その場では誰も、その該当者がわからなかった。あれこれ想像したり推測したが全くわからず、その場は「どうせ明日には情報が入る」ということでお開きになった。暴露ものなどを掲載することが多い週刊誌に記事が載ったのだ。真相がわかれば全く不幸な家庭の事情としか言いようがなく、その「高官」の先輩はすぐに職を辞すことになった。一時上司だったことがあり、よく知っていたので気の毒でならなかったが、こんな身近に事件の余波があるとは……。

汚職

文部省というところは、まるで金に縁のないところ。気位は高いけど貧乏だからか「御殿女中」の蔑称もあるくらい。でも、これが全くないわけでもない。関係する局課としては、文化庁で鑑定を行う際に、その可能性がある。だから関係者は鑑定したがらない。自信がないのかもしれない。テレビの「何でも鑑定団」に負けては権威が失墜する（冗談）。まあ、民間企業と接するところがほとんどないせいだ。かつての体育局では、スポーツ道具屋さんと付き合いがあって、（時効でしょうけど）ゴルフセットをもらったやつがいたみたいだ（未確認情報）。出先の国立大学では、大阪大学のワープロ汚職というのがあったが、別の事件で大阪の特捜部が調査していたときに、ミナミだかキタだかで派手に飲んでいる大学の事務屋を発見。調べてみたらこの事件につながったとか。慣れないせいで金の使い方や遊び方が下手なんですな。もっとも、外務省汚職では、機密費の横領で、愛人を持ったり競馬の馬主になったりと、もっと派手なケースもあったよね。この点でも負けてるのがちょっぴり残念（ジョークです）。

第一〇章　海外勤務

今は志願

海外勤務は今や人気のポストである。行き先によっては運、不運があるけれど、文科省は、他省庁と比べ、教育や文化が担当だから、基本的には、おおむね首都だし、辺鄙なところには行かない（文化がないとは言わないが）。

かつては、海外要員となるとそのまま国際畑にされて、国内ポストより海外専門にされた。出世という意味では（文科省は）国内官庁だから、国際畑は傍流の憂き目だ（今は全然違っているからご安心あれ）。そのせいもあって、打診があったら（語学力もないし）できるだけ断るという人が多かった（A君の場合は、ずっと断り続けたが、あるパーティーで、局長に「ちょっと来い」と呼ばれ、次官の前で「今度○○に行くA君です」と紹介され、小さな声で「これで断ったらクビだ」と脅されて赴任した。これは脅迫だ）。しかしそれも昔の話。同期で半数以上が海外勤務経験者となると、行かないほうがマイノリティーになる。そこで雪崩現象が起きて、できるだけ外に行きたいという希望者が増加した。

花のパリ

不思議なのは、なぜかパリ勤務が有力ポストになってしまっていることだ。人数も多いし、その後の先輩諸兄も出世した人数が他の国の赴任者と比較して多いのだ。ヨーロッパでの会議も多く、経由地で必ずパリに寄ることが多いから、アテンドも大変だが、派遣の人数が多いからみんなで回して対応できる。大使館やOECD代表部にユネスコ代表部と本部、研修生や留学生という身分で駐在者がいる。パリ自体に会議や出張がなくとも、（経由地として）ほぼ必ずパリに寄ることが多いから、諸先輩から「よくやっている」などと評価されればめっけもの。もっとも、車の運転の不慣れでランアバウトという環状交差点にはまり、次々と入ってくる車に押しのけられてエッフェル塔の周りを一時間も走って、ようやく大先輩のお迎えに辿りつき、大ひんしゅくを買ったケースもあったが、その後おとがめなしだった強者もいる（車はベンツだかBMWだったかだけど車体はボコボコ。ヨーロッパの車のバンパーは他の車を押しのけて駐車するためにあるせいだ）。

一方、他の勤務地は損なことがある。だいたいパリほど人がいないから誰かやって来たら面倒を見なければならない。政治家だって文教委員だったら必ずアテンド要員にされる。大きな大使館ならば、こわもての政治家には、検察出身者か警察出身者をつける。ややこしいことになりそうな場合は彼らの対応で何とかなるし、いざとなったら本省や本庁で後ろ暗い点をつつけばいい。脛に傷のない政治家は少ない。巧妙な人事配置をする外務省です。

留学

人事院による海外留学制度も結構人気。しかし、文部省は国内官庁で必要性も高くなかった時代は、各省庁との競争もあって合格者は少なかった。それを補うには「研修生」として海外の国際機関に出したり、学術振興会の海外事務所、日本人学校の事務官などの名目での「留学」など、あの手この手で語学力を鍛える手法をとった。でも、経済的には、本格的な大学への留学と比べると「貧乏」なまま（海外手当が全くないから）。でも、最近は積極的にMBA取得に欧米の大学院進学に向かうなど世の中は様変わりだ。苦労はあっても貴重な体験は仕事や人生を豊かにしてくれる。お勧めしたい。

一時期、経済官庁などで人事院の制度で海外留学し、帰国してすぐに外資系企業に転職などというケースが増えて、業を煮やした人事院が留学費用を返還させる措置を取って、これを防止して騒ぎは収まったようだ（ちゃっかりしたやつもいたものだ）。

外務省文化

ところで、外務省の（役所の）文化は面白かった。人事でいえば、最初に提示された転勤先が気に入らなければ拒否できて、次に提示されるのが前より良い場所だそうだ。これは他省庁から見たらうらやましい限り。他省庁は、最初が良くて後になるほど悪い条件になるので、最初に言われたところに行くのがベストなのだ。

前にもちょっと触れたが、霞が関で、他省庁が連絡で電話しても外務省は午後二時過ぎまで相手がいない。海外感覚で昼食時間が二時間はたっぷりある。おまけに担当はその御仁一人なのだ。到底一緒に仕事をしたいと思わないのが国内官庁だ。

それから、勤務先が世界中にあるので、ほとんどの職員は上司と部下の関係になることはなかなかない。したがって少々の仲違いや罵詈雑言もお構いなし。あるノンキャリの外務省職員が中東の某大使館勤務のときの話である。こういう気候や治安の悪いところにある在外公館は、毎年一度、パリやロンドンなどで休暇が認められたり、買い物旅行ができる。あるとき大使夫人の買い物を頼まれたそうだ。それが婦人下着だったので断った。通常は食品などが多いらしいが。本省派遣が四、五人という小さな館なので、怒った大使が彼の執務室に怒鳴り込んできたそうだ。そこで彼は自分の机の引き出しを開けてピストルを取り出し、その大使に向けるという行動を取った。そこでこの婦人下着の件は消えたそうだが、早速左遷。だがその行き先たるや先進国の大公館となったそうだ。

また、ご禁製品も運べるのが外交官特権で、中東に赴任した某氏は、ポルノビデオを大量に買って引っ越し荷物に入れ、現地でイスラム教の政府高官などを自宅でもてなしたそうだ（酒も持ち込み可なのだ。イスラムの世界でも）。人間、人種も宗教も関係なしに好きな人は好きなんですね（中東の大臣を籠絡するのにかつての「〇〇〇風呂」を使った話も有名。それを楽しみに来日して石油を日本に売ってくれたらしい（真偽不明）。

語学

海外勤務では大体英語で通用するが日常生活は現地の言葉が大事。パリ勤務を何度も繰り返した某くんの場合は、最初に行ったときは研修生で、フランス語はまるっきりだめだった。最初に覚えたフランス語は「いくら？」だったそうだ。街のお姉さんに声をかけるのに必要な単語だそうだ（その後はあまり会話の必要性はないらしい）。彼のアテンドでドゴール空港からホテルに送ってもらったことがあるが、有名なサンドニ門のあたりで、「先輩、よかったらここで降りてみます？」と誘われたが、もちろん仏語はできないから遠慮した。彼はその道の権威（？）となって、あちこち夜の散策。ブーローニュの森も一定の場所は、そのたぐいの女性を拾えるところがあるとかで、あるとき乗せたらどうやら雰囲気がおかしい、そこでよく見たら、女装した男だったそうで慌てておろしたとか。あの森も、商売ではみな住み分けをしているらしい。ときどき見慣れた同僚の車のナンバーをそのあたりで見ることもあるらしく、お互いさまだとも言っていた。のどかな時代だったのでしょうね。

海外の公館勤務の場合は、事前に外務省の研修所に半年通うことがある。語学別にクラスが編成されるが、独・仏語やロシア語、中国語、韓国語など結構勤務地用の語学が並ぶが、その他大勢と英語圏は英語のクラスと相成る。どうでも良いとは表向き言いながら、クラス分けテストは真剣に取り組むのが、勉強好きな本省の役人の性格。運動会でドンとなったら皆真面目に走るのと同じか。AからMだかNまでクラス分けされた。一クラス十数名なのに単語テストだけは全員でやった。その中でいつもトップスクラスの成績をとっている（当時の）防衛庁の武官がいて、クラスは最低なのにこのときだけ、最優秀。五者択一だから、正答はわからなくともどれかを答えると当たる確率は五分の一。あまりにも不思議だったので聞いてみたら、航空自衛隊のパイロットのご出身で、答えはすべて「勘」だそうだ。大体これだ！と思うものがすべて当たる。パイロットは一瞬の判断が大事でそこに命がかかるので、瞬間的に正答がわかるという。これには驚いた。空の戦闘訓練のとき、真正面から接近して零点何秒かで操縦かんを動かして正面衝突を避ける訓練をするそうだが、訓練生は数秒前からもう軌道を外れるそうだ。自分は零点数秒まで持ちこたえることができるという。つまり、とっさの判断力をそうやって鍛えているそうだ。人間何が身を助けるかわからないものだ（この当てずっぽう式単語テストが役立ったかどうかは知らない）。海外に行くと、彼らは皆、「わが軍は……」と言って軍関係者は仲良しだ。自衛隊は「軍隊」ではなかったと習ったが、もうお構いなし。英語だから区別もないのだろう（制服を着ていると、みんなカッコいいのです）。

国内官庁で語学は必要ないと思っても、これだけ国際化したら、語学力がなければ商売にならない。だが、生活は中卒レベルの英語でも通用するし、専門用語はすぐ覚える。日常生活は三か月も暮らせば大丈夫。必要に迫られれば何とでもなるのが語学だし、現地生活をすればすぐ慣れるものだ。有効なのはテレビで、映像を見ていると大体のところはわかるもの。しかし、帰国したらほとんど忘れてしまった（付け焼き刃は役に立たず。やはり語学は才能だ）。

社交とパーティー

外務省は基本的に国内官庁ではないのでピントのずれたところがある。特に国会や国内政治に疎いことだろう。今は国内官庁も、直に他国の政府とやりとりするので、外務省のテーマは政治課題が中心。それと文化交流（主にパーティー）となる。

人間どこでも同じと思ったのは、一緒に飯を食うと仲良しになるということだ。大勢のパーティーにでも呼ばれると、他国の文化に触れるし興味も湧くものだ。クリスマスに中国大使館に呼ばれたが、悲しいかな、日本人おとうさんの家族サービスがあって出られなかった。いわく「クリスチャンじゃないのだろう？」と（相手から）不思議がられた。その後、お誘いが皆無となったのはちょっと悲しかったが、スパイ候補から外れたのかもしれない。中国大使館は、職員のアパートも同じ建物だったので一度見てみたかったのだが。

他省庁が、（外務省は嫌っていたけど）直接先方の省庁と交渉するようになったせいで、外務省のメインの仕事が、海外では大臣や政治家のアテンドに全力をあげるようになっている。中身のない仕事に見られることも少なくないが、海外でちょっと不安な心理にあるわが同胞の政治家は、語学も不自由だし、完全におんぶに抱っこで外務省に取り込まれてしまう。若い政治家で多少は場慣れしている場合は、大使館差し回しの車で、ホテルにお帰りのときに日本人ドライバーから夜の町情報を仕入れて、ホテル到着後、タクシーなど呼んで怪しい場所にお出かけになった（海外は選挙区の人がいないけど、その次の選挙で落選していた。何かのたたりか）。これは翌日、その運転手さんから仕入れた情報である。

ところで、他省庁から在外公館に出るときは、本省から身分を移して、外務省職員になる。同僚となった外務省の方々には、いろいろな人物がいて面白かった。以前、国際機関のトップをやっていた某氏は、当時、離婚寸前で独身に移行中。毎週金曜日は、電話をかけまくってデート相手を探して過ごしていた。ある日、紅毛碧眼の彼女と過ごしたら、朝、突然、借りていた家のベッドルームの天井が落ちてきたそうだ。幸い彼らのベッドのところだけ上の天井は残り、周りがみな落ちて大変だったそうだ。古い格式のある家だったようだが、そういうこともあるのですね。悪運が強いとでもいうべきか。

中間がいない

いい人は徹底的にいい人だが、悪いのはとことん悪いのが外務省キャリア。外務省の諸君は先輩を先輩とも思わない傾向がある（人事権のある有力大使の前では直立不動という上にへつらい、下に威張る輩もいた）。上司も部下も名前は呼び捨てだ。敬称をつけない外国語に慣れているせいかと思ったがそうでもないらしい。理由を聞いたら、（前述のように）一度一緒に勤務しても、勤務地が世界中にあって、二度と会わないことが多いからいくら関係が悪くなっても構わないそうだ。しょっちゅう上司や部下の悪口など言っていた。大使に気に入られたら何度もお供することもあるようだ。当時の大使の場合は、麻雀友達で特定の部下（ノンキャリの方々）がご贔屓となっていつも一緒だった。贔屓の引き倒しというか腐れ縁というか。こんなんで外交していていいのか？　仲間内でも嫌われる人物もいる。父親が事務次官をやって権勢をふるったあげく、なぜか息子も外交官になっていた。相当嫌な上司だったらしく、「坊主憎けりゃ……」のことわざどおりで息子も嫌われたのかと思ったら、その息子本人も相当性格が悪いやつだった。当然省内でも部下は嫌っていたのが可笑しかった。親子で外務省というケースが多かったのは、国家公務員試験とは別に、外務省の上級試験があったせいだろう。表向きは、海外経験や語学の優秀さで採用すると言っていたけど、どこまで本当だったのか。おまけに超有名大出身がほとんどだったけれど、一番優秀なのは「中退」だそうで、三年生から受験できたのでそこで合格、入省し、学歴はその後の海外の大学や大学院が「最終学歴」になったのだ。今は全員、国家公務員試験だから変な話はないようだが、一番人気で優秀な人材が集まって結果オーライだったそうだから、外務省が嫌がった「統一試験」制度は傍目《はため》には大成功だったのだろう（人事院の高官から聞いた）。しかし、子弟を入省させられなくなった点では面白くないかもしれないが。

聞いた話

その一は、烏賊（イカ）をフランス語で何と言うかというもの。某外務省氏いわく「asijupone アシジュポン」（最後の発音は鼻に抜けて仏語らしく言う）。冗談なのだが、日本語で「足、十本」だからというもの。酒の席で直接聞いたのだが、洒脱な人もいますね。

その二は、総理の米国大統領訪問のときの話。事前のレクで「総理、初対面の挨拶は How do you do? 先方が Fine, thank you, and you? と言いますので Me too. とお答えください」。で、総理は「それくらい知ってる。これでも○○大学を裏から入ったんだぞ」。日本の政治家は、当意即妙、周りを面白がらせる発言を虚実まじえて言う癖がある人が多い。で、実際の場面だが、相手は当時のクリントン大統領。最初、総理が How are you? と言うところ、緊張したのか Who are you? と言ってしまった。先方はこれはジョークだと解釈。返す刀ならぬ返事で Hilary's husband と答えた。先方の and you? に続いて、総理、Me too! 傑作としてしばらく霞が関で有名になった。

まさか、冗談だろうと言う人や、本当だよと言う人で意見が分かれたが、どうも後者のようだ。相手はあくまでジョークで面白い人だと評価してくれたから良いのだが。ジョーク好きの国民ですからね（馬鹿にして吹聴しそうな外務省の人たちですが、真偽不明）。

夜のご案内

アジアの大使館勤務だった某氏のケースは一種の悲劇。アジア地域の大使館に出向中、会議で元次官と担当課長が来訪。夜の世界が有名な土地柄で、その課長氏から「是非、案内しろ」と言われて、「それは仕事ではありません」と断った。そうしたら帰国後、左遷の憂き目が待っていた。旅の恥はかき捨てが、霞が関の方々でも、国内はおろか外国でもあったということだ。ひところ、有名になった農協のなんとかパーティー・ツアーと変わらん。

A君のケース。一人で国際会議に行き、ある国の首都で泊まった一流ホテルで、到着後、部屋の電話が鳴ったので取ったら「今夜、お暇だったらお世話しますよ」（日本語）と女性の声。当然お断りしたけど、翌朝、隣の部屋から現れた日本人旅行者が現地の超美人と一緒に朝食へ行って、同僚の日本人と一緒になって、辺りをはばからぬ大声で昨夜の品定めをしていた。同伴のお姉さんたちは言葉がわからないようだったが、周りには日本語もわかる人がいるかもしれないのにと心配になった。こういうところで品性を疑われるのだ。もっとも東南アジア（バンコック）でドイツ人が同じことをやっているのも見かけたけど。

ドイツといえば、東西統一前の西ドイツのボン（当時の首都）で、出張者一同ある庁の出向者にご案内いただいたのが「ウエスト・ボン」というところ。一つのビルがまるごと「娼館」だった。多様な人種と一人ないし二人の部屋があり、お好みしだい。「よろしければ後でもどうぞ」だって（案内の某氏の言）。我々御一行さまは、お堅いはずのドイツでかようなものがあるとはとびっくり（後で行った人がいたかどうかは不明）。統一後はベルリンに移動したかな？

夜の楽しみ

先進国勤務のときだが、ある日、政治家になった大先輩（故人）が、民間の関係者を引き連れ現れたことがあった。当然、出身省庁の者が、アテンドすることになる。夕食後、「さてどうしますか」になったので、食後の一杯に（ストリップ）ショーにお連れしたところ、大いに楽しんでくれた。ストリッパーの女の子が、当地の医大の学生のアルバイトと聞いていて、それを教えてあげたので面白かったのかもしれない。ガードルというのか大腿部にバンドがあってそこに一ドル札を挟んでチップとする光景も楽しめる要素だったかもしれぬ（我が国の「おひねり」と一緒だ）。帰国後、会うたびごとに「あのときは楽しかったなぁ」と言われた。日本のそれと違って嫌らしくない雰囲気が受けたのかな。

今でこそ、LGBTなどというが、昔はアブノーマルな恋愛関係といわれ、ひそひそ話の対象だった。夕方仕事帰りに寄るバーやカフェにも、同性の相手を見つける場所があって、週末の金曜日は大賑わい。昼間はただのカフェでしかなかったが、そういう変化というか変身する場所というのも面白い。ある公園は週末の夕方はそのような相手を探す場所になっていると教わったこともある。と思えば、早朝、出勤中に交差点で信号待ちしていたら、近寄ってきた女の子が「遊ばない？」と言ってきてびっくりした。現地スタッフにそんな話をしたら、「いやよくあるよ」との答えに再度びっくり。FBIあたりのおとり捜査かもしれないではないか（実際、昔のソビエトでハニートラップに引っかかったケースがあって、結局自死した外務省の若手もいたという噂もあった）。恐ろしい。

第一章　怪人列伝

年次

霞が関の人事は「入省年次」で決まる。実年齢は関係なく、相撲の番付と同じ感覚だ。ポジションにもかかわりなく（仕事上の上下関係は問わない）、一年上は幕内と幕下くらいの差があって、先輩は年齢が下でも立てなければならない。文部省は結構その序列というか、先輩後輩関係がしっかり受け継がれていた。とある酒の席で聞いた話（某政治家から聞いた）は、かつての通産省は宴会終了後は、年次に関係なく、早く出た順番にタクシーに乗って帰ったそうだが、文部省はちゃんと先輩から順に乗っていたと賞賛（激賞）された。前者の下剋上の精神が鮮明なエピソードで、同省の若手が、局長を「もうすぐやめる人」と言ったとか、尊敬の念がない。実際仕事をしていたのは若手で、課長補佐クラスが一番まともな働き手で、課長になると省内の出世競争か天下りのことばかりだったそうだ（今は別か？）。

後輩の世話（ほとんど歓迎会だけだが）を、一つ上の年次がする伝統はまだ残っているのだろうか。最初は、歓迎会と称して、酒の席を用意する。一年先輩は新人にとって四月当初は「神様」みたいな存在だから、畏まってお説を拝聴、酔った気がしない。これが（当時の）大蔵省の場合は、一年先輩が一年間昼飯をおごるという風習があったそうだ（ホントか？）。強固な先輩後輩関係が築かれるわけだ。新人は貧しいし、特に最初の月は月の後半にならないと給料が出ないから、これで生き延びた方々もいたのだろう。最近は女子も多いから、あまり親密になってもまずいのかもしれない。この「風習」、今はどうなっているのかわからない。

花の○年組

できる人が多いところは「花の○年組」などといわれる。有名なのは（文部省では）「三十年組」。次官候補が四人もいて、ときには同じ課長ポストを同期で続けたりしたこともあった。一方で、後述するように、「花」の次にはどうしようもない年次もあって不思議である。昔の通産省では、ある一人をエースとして同じ年次が結束して次官を出す（ツール・ド・フランスの自転車競技みたいだ）という話があったが、実現すれば、同期の仲間を良いところへ天下りさせることで優遇したというメリットがあったそうだ（民間に天下りがおおっぴらにあった時代の産物）。今はぐちゃぐちゃかもね。

ビフォー&アフター

ちょっと横道にそれるが、別の職場を経てから（ビフォー）入省された方々もいる。つながった職場としては、学校の教員出身というのは初期の時代、府県の教育委員会事務局の経験者、変わったところでは某公共放送のディレクターだったという人までいた。

また退職後の第二の人生（アフター）を見ると、かつては天下りで博物館の館長や特殊法人の理事長などというポストがあったが、今はどこでも民間出身者を優先している。その結果、行くところがないという悲惨な現状。

大学の教授というのも、定年が七十歳だったりするので人気があるが、簡単ではない。自分で探すか、先輩などの紹介が必要（これは天下りではない）。正しいケースは著作権の世界。著作権課長の経験者は、その専門を買われて大学教授に迎えられている。うらやましい限りである。人気の課長職だ。他方、無理して都内の私大に行こうとしたら、組織ぐるみの「天下り」とされて大騒ぎになったのは、まだ記憶に新しい。請われて行くのが正しいのだ。

変人と死人の年次

一方で「変人の○年組」というのもあって、相当変わった性格のグループがあって、あきれられたり始末に困ったりの世代もある。どうしてこんな人たちが採用されたのか、誰が人事課長だったのか（採用責任者の）「名札」をつけておいてほしいと思ったことも再三だ。問題なのはその変人ぶりが部下に及ぶことで、夜中まで「待機」させて、自分が（飲み会やらで）外から帰ってから会議をしたり、地方の大学で当時の事務局長になっていた某氏の場合、事務局のほぼ全員を残して、女子職員の親から（本省の）人事課に苦情が来たなどという話も飛び出して耳を疑った。人事課も人事課で、小さな組織だからそうしたことが大きな話になるのだろう、いさめる部下もいないと思って、もっと大きな大学の事務局のトップに据えたらそこでも同じことが起き、結局全体に被害が及んだというバカげた話もある。先日ある弁護士さんから聞いた「可塑性があるのは三十五歳まで」という話は正論だと感じ入った。

一方で、やたらと早死にする年次もあって不思議だ。浪人や留年で年齢に多少違いがあっても「年次」だけでみると生死が分かれるのが不思議だ。前後の年次の人と年齢がさほど違っていないし、出身の地方もいろいろなはず。なぜ、そうなるのかわからない。某私立大学の学長をしていた同級生が、あるとき出身の私立中高一貫校の同級生とクラス会を開催したら、なんとクラスの三分の一だったか二分の一だったかが、もう亡くなっていたそうで、冗談で「それは勉強のしすぎで早死になのではないか」とからかったが、これも高校版の不思議な話だ。

富士山電報事件

某大先輩の課長時代のこと。休暇で仕事を休んでいた部下を呼び出せと命令。それを受けた別の部下は「富士山登山です」と答えたら、「富士山に電報を打て」と言ったとか。当時は携帯もメールもなく緊急の連絡手段が電報だった。気が短くて「瞬間湯沸かし器」といわれた人だ。でも、後に残らない性格で部下からも慕われていた。若手には行きつけの店やバーに連れて行ったりしてくれたが、その支払いの資金は自腹とは思えないのが昔の役所だ。

局長のとき、国会へ行くのに同行した課長に車の中で質問、答えがなっていなかったらしく、霞が関の大通りの大蔵省前で、その課長をセンターの緑地帯で「降りろ」と一喝、その課長は歩いて役所に帰ったとか、逸話も少なくない（当人の葬儀のときだったか、当該課長から聞いた暴露話）。

女難の相

非常に印象に残っているのが、後に次官になった某先輩（故人）。まずは、都立高校時代の話。実は母親が相当高齢のときに産まれたので、父兄参観に来た母親について、同級生が祖母が代わりに来たと思ったそうで、それがいやだった。そこで一計を案じ、母親には「オレは成績が良くて何の問題もないから、学校に来なくていいから」ということにして、猛勉強。その結果、成績が非常に良くなって、親を安心させ、結局東大に入ったという、半分は自慢話。

次は、家庭の話で、子供が娘三人に奥さんという構成。仕事でも女性が大臣になったことがあって、一種の四面楚歌状態。うっぷん晴らしだったかどうかわからないが、いつも風呂上がりは、家には男は自分しかいないので（という屁理屈？）で「性教育の一環だ」ということで、裸（本人いわく「フルチン」状態）で歩き回っていたら、大学生の娘にひとこと言われたそうだ。「おとうさん、そんな粗末なものを見せないでください」。江戸っ子風のなかなかさっぱりしたいい人でしたが、露悪趣味で口が悪い人でしたね。

こんなこともありました。局長が海外出張になり、職務代理として自分を発令し（次官がそうなるルール）、夕方、留守の局長室に課長を集め、酒盛りを行ったときの話。「オレは、海外出張で、飛行機の中でうんこをするときは、洋式では出るものも出ないので、和式のように便座に足を乗せてしている。揺れるので非常に苦労するのだ」と椅子の上に乗って実演付きで解説してくれた（見られた格好ではない）。可笑しくて笑ってしまったが、学生時代に肋膜かなんかで卒業が遅れ、少々古いトイレ感覚だったので面白かったのである。

ついでに教員派遣の団長で、メキシコに行った話（海外出張がテーマだったせいか）。ユカタン半島の遺跡のところで、みんなピラミッドの上に上がって行ったが、自分は、小用を催し陰の方で用を足したとき、ふと見ると水分（小便）のかかっているそばに珍しい石を発見。ポケットに入れて帰国の途についた。その後どうも体調が優れなくなり、原因がわからなくて困った。ところが、ある日から急に体調が回復。くだんの石の置いてあるところを見たら、それがなくなっていた。奥さんに聞いたら、汚い石だったので捨てたとのこと。どうやら魔力のある石だったのではないか、という話で、海外の怪しい場所からは石などは持ってきてはいけないという教訓話。結構、座談の名手であった。

名言もある。「大学入試など完璧にはできないし、やってもいけない。欠陥や失敗もあって運が左右すると思わなければ人生やっていけないものだ」。局長時代に、「お前たち行ったことがないだろうから、みんな（課長たち）を連れて行ってやる」ということで、今はなき紀尾井坂近くの某料亭に、連れて行ってもらったことがある。本人いわく「大体、こういう場所は、政治家が使う。ある部屋で会合があってもトイレに行くふりをして、別の部屋で別の政治家に会ったりする。そして、こういう料亭の良いところは、絶対に出入りを一緒にしないので玄関でかち合ったりしない。それで秘密が守れるのだ」とウンチクを披露した。さて、この支払いだが、割り勘ではなかったし、政府高官といえども、貧乏役人が払えるわけもなく、一体どこから金がわいてきたのか、未だに謎。時効でもあるしわからない。

あまり敵もない人で、酒の席で女性課長にセクハラまがいの暴言癖があったが、豪快さも併せ持つ愉快な人（女性側からは、今ではセクハラでしょうけど）でした。俗に「いい人は早死にする」という。上司として仕えた別の先輩は、みなさんから「あんないい人はいない。部下になりたい」という人格者だったけど、この人は正真正銘いい人で早死にしたのは惜しいと思われた。しかし、先の次官氏の場合、そんな「人格者」とはほど遠かったけれど、以外と早く亡くなってびっくりした（ご冥福をお祈りします）。

ミスター

「ミスター」といえば、読売巨人軍すなわちプロ野球のジャイアンツの長嶋茂雄というのが昔のイメージだが、ここでは別の人物の話である。

ある雑誌の方からうかがった話だから、眉につばをつけて読まれたし。

キャリアの某氏、若い頃から歯に衣を着せない発言で、結婚の遅かった先輩を評して、「○○さんは結婚しない人だが、□□さんは結婚できない人」と上手い表現をしていた。彼の出身高校（某県の有名私立中高一貫校）の一年先輩がたまたま文部省で一緒になった。全員寮生活の学校で、彼は生意気だというのでその先輩たちにいじめられたらしい。入省してから同期になったその先輩を今度は自分がいじめた（「因果はめぐるいじめの世界」か「江戸の敵を長崎で」の類いか）。

彼は、なかなか有能な人物（と見なされ上司や先輩にかわいがられていた）で、いきさつは不明だが、ある上司が国政選挙に出ようとしていたとき、いつの間にやら選挙対策事務長気取りで活躍。あちこち電話をかけまくったり、先輩の出向先に票のとりまとめを〝指示〟したりしていた（断った先輩を罵倒したこともあったらしい）。

さらに、最初に課長になったとき、ある県で起きた業者テスト問題でマスコミの寵児となった（テストを廃止して正義の味方になった）。部下のキャリアの係長を仕事ぶりか何かが気に入らなくて、「そこに立ってろ！」と新聞記者やお客さんがいても、ほぼ一日中立たせたまま、ということがあった（課長になって舞い上がっていたのかもしれない）。また、彼は目立つと同時に「目立ちたがり屋」のところがあり、その後の「ゆとり教育」全盛時代に、広報活動でマスコミに登場し、大いに宣伝。「ミスター文部省」といわれて得意然としていた。そのうち世の中の流れが変わって今度は「学力低下」対策となって、引っ込みがつかなくなった。彼にとっては別に「ゆとり」であろうが「学力向上」であろうが、マスコミに登場して脚光を浴びればいいだけ（どこかの女性知事と同じ性格）。

その前の、某県の教育長時代には「ゆとり教育」で、勉強しなくていいというメッセージを著書やらテレビやらでふりまき、同県の組合などの関係者にはいい顔をしていたようだ。その後、正義感の強い後任が悲憤慷慨、後始末で大変だったとこぼしていたそうだ。また、頼まれもしないのに、入省希望者の事前面接（先輩訪問）を仕切って「影の人事課長」として合否を決めていた。結果、若手に信奉者を作ったことになる。本人が辞めて、派閥にまでは成長する暇がなかったようだが。

同氏の発言や著者で、無理やり父親（某大学の教授）に勉強させられて、親を恨むようになったとか、同じような親になりたくないとか、著書にも大言壮語の気味がある。要するにお調子者かもしれないが、今でもたまにテレビのコメンテーターで見かけるが、懐かしい。

豪傑

ノンキャリアでも面白い方がいた。仕事を一緒にした某氏（独身）の生活を聞いたことがあって驚嘆した。給与の使い道である。まず三分の一は生活費。食費（ほぼ三食、省内の食堂だから安い）や住居費などだ。住居が都内の北の繁華街に近いアパートというか「トキワ荘」並みの○○荘と名前のついたところ。一度地方に出向したが、数年後、本省に戻ってきても同じ「荘」に引き続き住んでいた。もしかしたら安アパートだったから、そのまま家賃を払って赴任していたのか。誰も借りようとしない物件だったので、戻ってきてもやっぱり空き家だったのか。そして、次の三分の一はパチンコ代。唯一の趣味がそれ。一度に数万円を使い、ときには何倍かで戻ってきたそうだ。残りの三分の一はタクシー代。地下鉄で通勤し、警視庁の前で降りる。出口でいつものタクシーが待っていてくれて、そのまま虎ノ門まで出勤。ずっと同じ時間に乗るので、運転手さんもおなじみで顔と行動を覚えてくれてワンメーターほどにもかかわらず、乗せてくれたそうだ。少額だが、必ず乗るので定期的収入が確保されたらしい。帰りは仕事がいつも夜中までとなったので、自腹でタクシーでご帰還という生活。役所の金は使わないという偉い人だった。ここまで徹底すれば、もう表彰もの。

教授や市長

仕事の親和性があるのだろうか、国立や私立大学の教授に早めに出ている人材も結構いる。とても少ない例だが、知事や地方の市長選に出て、知事や市長になった方々も何人かいる。政治家になった諸先輩がほとんどいないのは、政治家になる素質がないのか。みなさん、お上品なせいかもしれないというと誰か笑いそうだけど。もしかすると与党に気を使いすぎた（現職がいると邪魔されるのだ）のか、リクルート事件の後遺症かもしれない。でも、国会議員になった例もあることはある。政治家としてそんなに出世したとは聞いていない。ちょっと残念ですが。

県人会

省内にはいろいろな集まりがあって、要は飲み会の理由付け。大臣がその県の出身であれば、今まで存在しなかった「県人会」も新しくできたりする。メンバーは、高校までの純粋な出身者と、その県に出向ないし大学などに勤務した者というわけ。赤ん坊のときにいただけで記憶もない土地でも県人会の入会資格があって驚く。何が何でも人集めをするためだろう。純粋な出身者が非常に少なくて勤務者のほうが多く、出身者が肩身の狭い場合だと、開催回数も減少気味という県人会もあって可笑しい。付け焼き刃は長続きしない。しかし、県人会がないのは東京都と京都府といわれた。「都と府」で「県」ではないなどと、冗談を言うわけではなく本当になかった。トンデモ県人会（?）は、北海道で、入会条件は、出身者（生まれ育った）、道庁出向や大学勤務の者、それに三回以上出張したことがある者だった。当時、北海道出張は一種の憧れの土地で、旅費も高いので頻繁には行けない場所だったせいだろう。会合の場所が晴海で、大学の練習船が着いたときに催された。戦後、食料のない時代にあちらから、ジャガイモや海産物などを積んできて本省のみなさんに振る舞ったという戦後の食料事情が始まりの理由だそうだ。そもそも県人会といえるかどうか疑わしいのだが。

他省庁の立派な先輩

感心した人もいる。ある日上司から、大臣の秘書官仲間だけど、個人的な相談に乗ってほしいと言われ、お会いした。小学生の息子さんが塾の帰りに交通事故に遭い、頭を強く打って通常の学校には行けなくなった。そこで当時の特殊教育の学校（今は特別支援学校）を紹介してほしいということだった。そこで、都立のある学校を紹介してあげた。某庁の審議官だったが、もう仕事は辞めるとのこと。理由は「審議官になりたいやつはたくさんいるけど、息子の親は自分だけだ」。ちょっと目がうるうるしてしまった。

本当に能力があって、尊敬すべき立派な教養人だと思った方もおられる。旧大蔵省の方だが、事件に巻き込まれて途中で辞めることになったのは、運命のいたずらなのでしょう。役人の勉強会で会ったが、世の中には本当に優秀な、それでいて人格者がいるのだと感心した（記者へのセクハラで辞めた財務省次官もいたけど）。

一方、少し違うが、「ノーパン喫茶」で有名になったある汚職がらみの事件で、マスコミがある役人を追いかけ、出勤時に騒ぎになったことがある。公務員宿舎だったが、事件が事件で女性（主婦）の評判が悪かった（「記者がうろうろして迷惑だ」という理由）が、中には「そんなのどこでもあるわよね」という某経済官庁の奥様のご意見もあったくらいだが、役人（の家庭も）の常識は、世間の非常識の時代。当人もマスコミから逃げ回っていたけど、ついに近所迷惑だということで、堂々インタビューに答えたら、それでマスコミのパパラッチもどきが瞬時に収まった。ご近所（全部役所関係）の奥さんたちの評価が大幅に上昇した。結局、有罪で辞めたが、いっときとてもいい人になっていた。

文部省の尊敬する先輩

他省庁ではなく、文部省で誰もが尊敬する先輩として挙げるのが斎藤正さんだ。大学紛争を収めて、東大入試を中止し、その責任を取る形で事務次官を辞めたと聞く。局長時代に年次に関係なく若手キャリアと議論をしたり、かつての国を背負うエリート意識の高い方のように伺っているが、こちらとは年次が離れすぎて影すら見たことがない。伝えられる名言の一つに結婚式の挨拶があって以下の通り。新婦に向けた言葉だが「仕事をしている男というものは、遅く帰ってきている間は心配しないでよろしい。早く帰ってくるようになったら心配しなさい。仕事で遅くなるということはその組織で使われている証拠です。付き合いで遅くなるなら酒を酌み交わす仲間がいるということです。それが五時を過ぎたら帰ってくるとなると、組織で使われていない、酒を飲む相手もいないということだから」。このおかげで虎ノ門で、仕事で遅くなっても家庭崩壊にならないで済んだ方々は少なくないだろう（國分正明『ひとつの人生の棋譜』）。大方の結婚式での上司の定番挨拶でもある。

第一二章　政治家と記者

大臣いろいろ

霞が関では、いろいろな政治家が大臣や副大臣などとして省内に入ってくる。各省どこでもそうだけど、当たり外れがあって、役人泣かせ。ときには、二度も文部大臣をやった方がおられる。二度目は慣れているのでそれほど面倒はないけど、最初のときは誰が秘書官（事務の方）をやるのか（やらされるのか）、ハードな仕事なので大変だ。かつては結構エリートコースと目されたのだが。でも私生活はほぼなし、家庭にしわ寄せが行く。早朝から夜の会合までついて回るので体力がないと無理な商売。

昭和四十年代から、おそらく二人の方が総理にまでなっている。文部大臣は、初大臣のポストで将来の有力政治家への登竜門の機能を果たしていたように思える。なぜなら、文部行政は比較的難しい話はなく、平常の行政は事務サイドが裁くのでおおむね挨拶や儀式のような場面で活躍すれば良い。いじめなどの大きな社会問題や中国や韓国との教科書問題など政治的な問題のときは、国会でも追及されるから委員会などの出番も多い。だが実質の答弁は事務方が準備するので、まあ、心配はないが、早朝のレクでそれを覚えておかなくてはならないので大変と言えば大変だ。奥の手は、「では事務当局から答えさせます」と言えば済む。後ろに控える秘書官が適切な答弁のペーパーをタイミング良く渡すのが大変そうだ（やっていないのでわからない。横目で見ていただけ）。

文部（文科）大臣は、他省庁から比べると女性が登用される率が高い。イメージが教育や文化で女性になじみやすい印象があるからか、さらには内閣の斬新さをアピールするためか。女性で政治家になっていた方や民間でも元役人（労働省）が複数やってきたことがある。昔は、まだ男尊女卑の風潮が残っていたので、局長クラスはやりにくそうだった。説明も細かなことが要求されたり、省内の宴会で猥談もできない。

あるとき、任命の事前情報が漏れ伝わって、某女性議員がノミネート。あれこれ根回しやら陰に日向に「反対」を振り込んで事なきをえたことがあった。しかし、後年、彼女が大臣としてやってきて大騒ぎ事件が起こり、「それ見たことか」となったが、短期政権で終わったのは不幸中の幸いだったろう。

イメージが良いのか、大学の先生が大臣に任命されたことがあって、大慌てで著書を探して思想傾向など調べたことがあったが、一旦大臣になれば、きちんと内閣の方針に従っていただいた。ご自分の思想信条は別にして適切な言動だったので、すぐに安心できた。学者のイメージに文部大臣は合うのだろう。別の学者で学長の経歴があった大臣は、大学のトップになるのに、学内の有力者に投票依頼をしていたとかで（後から当時の某学部長だった先生からうかがったが、公職選挙法が適用されるわけではないからかまわないのだろうが）、清廉潔白な学者のイメージが壊れた。少々残念な気持ちになったが実際はどうだったのか不明。

脱線するが、大学の学長選挙で一升瓶を持って投票依頼した方がいて、新聞を賑わしたことがあった（このときは落選）。でも数年後、ちゃんと学長になったから面白いものだ。実力もあったのでしょう。

政治家だから仕方がない面はあるのだろうが、政治的にギラギラした感じが薄い方が省内には受ける。政務次官や副大臣、政務官など多分さほど出番がないので、この「お守り」には気を使う。担当の秘書官がいるが、大臣の代わりに挨拶やセレモニーに出てもらうことや、場合によっては省内の雑誌の広報用に話をしてもらって時間をつぶすこともあった。政務次官制度があった時代の某政治家は、夕方時々、「もう良いよ」と言ってどこかに行ってしまい、秘書官が困っていたことがあった（何か大事件があったら探さなければならない）。実は本宅以外のところに行っていたようだ。政治家の選挙区には奥方がいてなかなか東京に出てこられないから、どうしてもそういう形態の生活様式になってしまうのだろうか。（参勤交代の）江戸時代みたいな世界だ。東京の別宅のお子さんがどこかの私学にいるなどという噂が簡単に入るのも、文教関係が所管だからそう難しくはない。

無理が通る

十二月の予算が確定してから、みんなでやれやれという気分のときに、元大臣に呼ばれた。議員会館に行ったら、ある案件で予算をつけてくれと言う。「君に迷惑はかけない。この場で官房長に言ってやる」とのこと。（強行に拒否すればどうなるか心配で）「はあそうですか……」と、そばで電話の話を聞いていたら「もう、大丈夫。よろしく頼む」となった。本省に帰って官房長のところに行ったら、会計課長もいて、○○議員から予算の話があって修正するが、中身はお前のところで対応しろ、そして、大蔵省には説明に行ってこい、と言う。確かに話は聞いていないことになっていたが、その後の処理が大変だった。一種の組み替えを担当主査のところにお願いに行ったが、けんもほろろ、「今頃なんだ！」と怒鳴られ、最期まで低姿勢でお願いし屈辱的な気分に襲われた。おまけに課内の予算から支出する羽目になった（せめて会計課さん、どこかで調達してくださっても良いではないか。愚痴ですが）。省庁が違うとはいえ、主計局は年次が下の者が（他省庁の）課長クラスの対応者になる（例えば、先方の補佐クラスが、当方の課長クラスと対応する）。官庁の中の官庁といわれた時代だ。どうしてそういうシステムがまかり通っていたのか未だに不思議。金を持っているから強いのか。結局、話はまとまったが、政府予算のスケジュール終了後の場合で、ほぼ無理な話を通された。どうせなら（この議員から）大蔵まで話をつけてほしかったけど、後の祭り。

国会質問

最たるものの一つに、国会質問があって、少しは改善しているかと思ったものは、答弁側が「反論」する風景が国会中継で見られたことだが、どの程度定着しているのだろうか。一方的に非難中傷されるのは、たとえ自分が答弁しなくとも憤りを感じるものだ。まともな質問はともかく、どうでも良さそうな答えを要求するのはやめてほしい。議員の品性が疑われる。ヒステリックな女性議員（偏見ですみません）の揚げ足取りで言いっ放しで「これで終わります」などと締めくくられたら、怒りのやり場がなくなりますよ。野党は質問する立場だからともかく、与党議員から明日質問することになったから、どんな質問が良いか考えてくれという要求は今でもあるのだろうか。いかにも不勉強な話だ。専門外（そもそも専門はあるか）の委員会で急遽質問をしろと言われて困っている場合もあるのだろうが、そもそも委員会の審議日程の詰めが甘いし、前々日の昼までの質問通告時間も守れなくなっているでしょう。また、通告したのは良いがその内容が違っていたり、本番で趣旨が異なる答えを大臣に持たせなくてはならなかったりと齟齬が生じる。半分儀式みたいなところもあるが、これを通じて各省の政策が見直されたり改善される効果もあるのだから大事にしたいものではある。

同期

年齢が近い政治家が大臣できた年次もある。気さくで話好き、かつ、酒席が好きでよく声がかかった。おごってもらうのは良いがだんだん仲良くなると、割り勘となる。こちらは薄給なので、しょっちゅうはつらい。彼は、大学卒業後すぐに政治家の秘書になったので、そのまま役所勤めをしていたら、ほぼ同期ですね……といって同期の集まりのときに呼んだら喜んで、その後、一種の「仲良し」になった。外から霞が関に入ると年齢が若いこともあるのか、やっぱり孤独を感じるのか。局長クラスは年上のおじさんたちだし。都内の自宅の集まりにも呼ばれて行って楽しかった。面白い噂話をたくさん仕入れていて、言いふらすのも得意。これが結構（永田町では）武器になっていたみたいだ。選挙区の新年会が三月まで続く話とか、政治の裏話も愉快に語っていた。概して政治家は座談が上手く、その分、あることないことや失言も出てくる。彼の秘書連中とも仲良くなって、ある日事務所に行った帰りだったか、一緒に少々怪しげな下町の酒場も案内してもらったのは良い社会見学だったかもしれない。その秘書の一人が参議院議員になったが、選挙でかかった費用の返済を代議士から迫られて苦労していたのも、裏から見た政治家の姿だろう。もう一人の秘書はノンフィクションライターになって驚いたこともある。政治家の秘書には多彩な人種が集まっているようだ。

脅し

こういう政治家と反対の場合もある。別の議員だが、ある補助金で選挙区の案件が外れたことがあった。決裁をとって手続きも終わり、もうどうにもならない段階で、このことが判明した。担当の補佐や室長ではらちがあかず、説明という名の謝罪に行ったことがある。国会に行ったのだが、ちょっと来てくれというのでついていったら（閉会中だったので）、誰もいない委員会の控え室のような場所に連行された。そこで事情を説明したところ、「オレに逆らうのか、良い度胸しているな」と凄まれた。まるでヤクザだ。おバカな二世議員で何かと後ろ暗い噂がある人物だったが、選挙区とお母さん（世襲だから母親が偉い）にめっぽう弱いので、その憂さ晴らしの対象になったのかもしれない。こういうケースも管理職の仕事の一部である。大抵のことは、我慢できる。その台詞は「……命までは取られない」というもの。

与党と野党

与党と野党の立場の違いもいろいろなことがある。自民党を飛び出して新党に走ったのは良いが、その後の野党時代に、ある議員は「野党はマスコミも取り上げてくれないので不利なんだよ」と気弱に嘆いていたが、今や政権与党の大実力者（キングメーカー）になった。党や内閣改造でも現在の地位を守り抜く構えのようだが、このトラウマがあって辞められないのかもしれない。隣の某国のように大統領を辞めたら訴追されたり自殺したりするわけでもあるまいが。別の議員には野党時代の自民党のとき、上司の局長と一緒に説明に行ったら、大声のダミ声で「君たちねぇ。いくら野党になったからと言ってこのやり方はないのではないか」と怒鳴られた。議員会館（だったか）の部屋からの帰りに見たら大勢の選挙区の方々がいて、彼らに聞かせるための演出だと判明したが、怒鳴られる方はたまったものではない。たまに会うけど、覚えていないよね。

政治家の使い方が上手いのは財務省で、以前の大蔵省の時代から、落選中の議員でも丁寧に説明に行って、ご機嫌をとっているので、復活したときに大いに味方になってくれているそうだ（人間、不遇のときの友は真の友というではないか）。

政権交代時の民主党は役所との付き合い方が下手過ぎて、短期間しか持たなかった。あのとき、二大政党時代が来ると思った霞が関の住人も少なくなかっただろう。しかし、そうはならなかったのは歴史が証明している。政治に関しては、当時の政治改革が小選挙区への選挙制度の変革と政党交付金の創設に終わってしまったのが残念だった。政治家が小粒になってしまって、まともに日本の行く末を考えてリーダーシップを取れる人物がほとんどいなくなった。これは、政党が金を握って配分、公認も決める仕組みになったことも大きな要素だろう。しかし、あのまま中選挙区制であったなら、その選挙のために金が必要になって汚職などがもっと出てきたかもしれない。つい昔は良かったという考えに捉われがちになるけど、現在の制度の良い面も見る必要があるのかもしれない。

いずれにしても、政治家は選挙区ばかり見て、大局を考えないのは習性なのだろう。次回の選挙で落選すれば「ただの人」なんだから。アメリカの大統領だって自身の再選を目指して行動基準が決まっているみたいだし。官僚と上手に役割分担しながら国のために行動していってほしいものだ。

記者もいろいろ

新聞やテレビの記者との付き合いも面白い。省内には記者クラブがあって説明する機会にもなり、政策の発表の場として機能しているが、書くか書かないかは記者次第。書いてもさらに大事件があれば没になり、デスク次第では短く書き直しされて意味不明になったりする。記者クラブも弊害が言われている割にはほとんど変化してないように見える。最近は働き方改革とやらで、若手は時間が来たらさっさと帰ってしまうとベテランが嘆いていた。昔は夜中まで仕事や麻雀をしていましたね。あちらも待機時間だったのか。女性記者も増えてきて、テレビを見ていると、官邸などでおじさん政治家は女性記者にはつい喋ってしまうということなのが見え見え。

記者の中には、立派な方もいたけど、酒が好きな独身もいて、あちこち気さくな課長のところで遅くまで飲んでいて、庶務係からは迷惑がられていた。他の例だが、部下の女性記者と夜中まで一緒の仕事のせいか、ついには彼女と仲良しになり、家庭崩壊などというケースも聞く。

財務省の次官が辞めた事件で、テレビの女性記者に関係を迫るような発言をしたとされたことがあったが、悪ぶった発言で、大物ぶるのが許容される霞が関文化が残っていたように思う（本気じゃないのだよ）。取材側も女性の方がネタを取りやすいという（男性上司の）発想もあったでしょう。沖縄で某庁の現地の局長が「強姦」発言をしたことがあって大問題にされたことがあったが、霞が関用語では、無理矢理納得させられたときに使われた「特殊用語」（環境省の「霞が関用語集」の中に「強姦する（死語）」があって、「無理矢理仕事などをやらせること→ここ一〇年間聞いたことありません。絶滅したようです」を見つけた）で、これも当時の霞が関文化の名残で、大それた発言とは思わなかったが、それを公表してしまう時代になってしまった。「オフレコ」なんて通用しないね（もう、喋ってやらないから）。親しい記者でも油断したり気を許してはいけない時代なのだろう。

昔だけど、地方記者で、やたらと役所側を悪く書く人がいたけど、聞いて見ると、公務員試験に合格できなくて記者になったとか。正義感じゃなくて「反感」か「反官」だったのかな。記事内容がゆがむよね。

新聞とテレビ

今の新聞は、政治的立場がいろいろになってわかりやすくなっていますね。その方が読む人にとっては有り難い。右から「〇〇ケイ新聞、●売、（真ん中の）△経、毎・朝新聞、（左端が□旗。おっと最後は新聞じゃなくて政党の広報紙」。変に中立公正を装って正論風な自説を押しつけられなくて良いと思う。

某経済紙の記者に「おたくは社会面が中立で余分なバイアスや偏りがなくて良いね」

と言ったら（本人は社会部記者）「うちは経済が中心で人も多いけど、社会部は人が少なくて取材も薄い。結果的に事実を書くだけなんです」だって。その方が本来のあり方でしょうに。海外の雑誌のインタビューがあって、コメントした。半年くらい後に、別の記者から確認の問い合わせがあって、ビックリ。雑誌とはいえ、実に丁寧な取材と再確認なんですね。新聞にそれを求めるのは「八百屋で魚をもとめるようなものだ」。無理なんでしょう。しかし、最近は裏付けも不十分な記事が多すぎませんか？

この話、かつての竹下総理は「うちの田舎では八百屋で魚を売っている」と言ったそうで、確かに山の中では八百屋に塩漬けの魚があったそうだから、流通の悪い昔ならありそうだ。鯖街道というのも北陸や日本海側から魚を売りに来る街道なんでしょう。

マスコミの指針というか傾向がどうやって形成されているかは、良くわからないけど、正義の旗印を掲げて政府や権力批判を展開していることがあるが、その大新聞は太平洋戦争中には大本営の発表を何の疑いもなく掲載して国民を戦争に駆り立て、戦後は民主主義やら表現の自由などに転換（転向）した。もちろん今の現職の記者さんたちは関係ないかもしれないが、一種のトラウマなんだろうか。現代の新聞やテレビの取材の根本原理は、抜いた抜かれたの競争だけのように思える。正確な事実の報道や深い取材と分析、解説はどこに行ったのか？

あるとき、お弟子さんに聞いた話だが、故立川談志の語録に「○○新聞で、正しいのは日付だけ」とあったそうだ。活字人間のおじさんたちには、書いてあることを一応正しいことと思ってしまう習性がある。今の若い人たちは、もう新聞など読まずにネットで短いニュースを読むだけという者が多いそうだ。どおりで部数が減って広告収入も減った大新聞の最近の広告はレベルの低い（？）ものばかりですよね。テレビも同様な広告減の傾向があるらしいが、社員は高給取りのままらしい（潰れないのが不思議）。

渋谷の公共放送の会長室にうかがったことがあった。上の方の階で眺めが良かったことを思い出した。かつて一度民放の本社を訪ねたとき、賑やかで一種異様な浮ついた空気を感じた。エレベータの中でも現在放送中の番組を流しており、一瞬一瞬が金になっているという様子だと思ったのは部外者の私だけか。ある係長氏の次女か三女のお嬢さんがテレビの記者になっていたことがあって、「私、〇〇家を代表して頑張る」と言っていたとか。お父さんが嬉しそうだったが、今はどうしておられますかね。あっちもハードな職場だよね。

マスコミも社会の木鐸かもしれないが、言いっ放しで責任を取らない。少なくとも訂正記事も、あんなに小さくどこに書いてあるのかわからない書き方では、まともに相手にされなくなる時代が来るかも知れませんよ。そういったら怒られそうだけど。

政治的立場は違うのかもしれないけど、優秀な記者の方々は少なくない。かつて役人の勉強会で、ある新聞の論説委員の方を呼んで、みんなで「糾弾」しようかと思ったら、とても立派な常識人で拍子抜けしたことがあった。これが会社の論調になると俄然立場が違って、反政府的な言動になるのですね。組織の論理なのか、その点では役所も一緒とはいえるけど。

国会答弁

昔は、局長になれば、政府委員として国会で答弁する（今は一律説明員。格下げ感がありますね）ことができて、これを楽しむ方もいたが、多くは面倒がっているように見えた。でも内心楽しんでいたのではないかと思う。

課長だと、他省庁の委員会で説明員として答弁の機会があって、当事者の省庁ではないので補足的あるいは参考の答弁なので、気楽で責任もそう大きくなく、楽しめる。よその委員会で答弁したことがあった。答え終わって一歩下がったら当該省庁の大臣の足を踏みそうになった。後ろにも気配りが必要とは思っていなかったので危ういところであった。各省でも、当時国会中継が放映されるようになって、上司から見張られていた。答弁後、帰ったら局長から「答弁は良かったよ」と言われたが、（答弁まで後ろで待っている間、その大臣の真後ろにいたのでバッチリ映っていて）「あくびしそうになっていたな」と言われたのはご愛嬌だが、上司もひまだね。

質問主意書

最近は国会がらみで、質問主意書に対応するのが大変だという話を聞く。二〇〇〇年以降に激増しているそうだ。野党が政府をいじめるためにやっているのか、単純に質問の機会がない若手の議員が国会の活動として行っているのかわからない。しかし、これが各省の若手の仕事量を極端に多くしている。特に国会法で「政府は、質問主意書を受け取った日から七日以内に答弁をしなければならない」と規定されている。手順としては省内で内容を固め、内閣法制局の審査を経て大臣までの決裁をとり、火、金曜日が定例の閣議にかけるが、その二日前には閣議請議の手続きがある。この七日というのがくせ者で土日祝日を含むのだから、ほんの数日で全体を処理しなければならない。昔ののんびりした時代の手続きが今もまかり通っているわけで、質問主意書のための待機もしなければならない。これは本来の政策策定などとは全く異なる手間暇のかかるペーパーワークになっている。挙げ句の果ては、これを受け取った議員がゴミ箱に直行させるのであれば、担当者はむなしくないか。国会答弁作りも、昔はお祭り騒ぎのノリでやっていたけど、今は完全な消耗戦で、年金問題やらコロナ対策やら特定の問題に集中するきらいがあって、担当の課や係は過労死レベルの超過勤務を要求されているようだ。霞が関の劣化の遠因かもしれない。

国会議事堂

辰野金吾は東京駅を設計したことで有名な日本の建築家だが、最初は日本銀行の旧館の設計をした。初期の東京の近代建築のさきがけとして、まさに東京を設計したと言っていい。しかし国会議事堂の設計は誰の手になるものか不明だそうだ。

住所は、千代田区永田町一丁目七番地。日本の政治の中心地に建つ「国会議事堂」である。横の長さは二〇〇メートル余り。外観は、完璧な左右対称で大理石の太い柱を持つ中央玄関はギリシアの神殿のようである。中央塔はピラミッド型。

この「国会議事堂」の設計者については、実は、建設に至るまでに様々な紆余曲折があったために、特定の名前を明記できないそうだ。そもそも議事堂建設計画が本格的に始まったのは、明治四十年頃。そのとき、最初に建築家として選ばれたのは、官庁建築の第一人者・大蔵省臨時議院建築部の妻木頼黄だった。ところが、これに待ったをかけた人物が、東京駅や日本銀行本店を手掛けた建築界の大御所・辰野金吾。国会議事堂の設計は辰野の悲願。どちらが主導権を握るのか、両者の戦いへと発展していった（門井慶喜の『東京、はじまる』に詳しい）。ところが、その心労が祟ったのか妻木が亡くなり、そのため、設計は辰野の思惑通り公募による懸賞コンペ形式がとられた。その審査の最中に今度は辰野が亡くなる。一等に選ばれたのは、宮内省技官の渡邊福三が設計した中央塔にルネサンス様式のドームが載る設計案。ところが、彼もまた当選後に亡くなってしまう。結局、官僚建築家たちによる合同チームが議事堂の設計を担うことになったそうだ。

そうして、計画から五十五年経った昭和十一年に「国会議事堂」は完成。しかし、公募で寄せられた設計案とは大きくかけ離れ、出来上がった中央塔はピラミッド型のデザインに変更されて現在の形になったという。

幸田真音の小説『財務省の階段』にこの議事堂の怪異談が出てくる。エレベータのそばの掃除機の吸引口に人が吸い込まれる話だが、確かに夜中などひっそりした廊下を歩くとそんなこともあるかもしれないとぞっとすることがある。何せ、政治のドロドロや人間の権力欲の集合場所みたいな場所だから。

霞が関に勤めると、いつかは国会の中も歩き回ることがある。まさに政治の中心にいるような気になるのも、虎ノ門勤めの経験がなせるわざ。ブラック企業ではあるが「これもまた楽しからずや」なのです。若い人たちも、どこに仕事の意義や楽しみを見いだすのかわからないが、どんなつまらない（と思われる）仕事でも、どこかで国の政治につながっている。その意味で中央政府の一員として仕事をするという誇りを持って励んでもらいたいと思う。昔人間の「過去官僚」の激励なのですがね。

あとがきに代えて

庁舎

桜田門から順に、警視庁（警察庁）、旧自治省、外務省、大蔵省と最期が虎ノ門の角に文部省と並んでいた。最初の警視庁はアルファベットのAの形で次が旧人事院ビルのB、外務でC、大蔵が四角だが、最後の文部省でDの形と聞いたことがある（五角形でペンタゴンだという説も流行った?）。明治大正の官庁営繕計画だとか、成績や人気の順だとかまことしやかな噂があった。今や順番に改築されて残るは財務省となっている。内部は風格のある廊下や壁だ。Bの旧自治省で、若手が課長に、こんな古いビルは建て直してくださいと言ったら「バカ、あの壁この扉、みんな先輩の汗と涙がしみこんでいるのだ」と叱られた話は前にも書いたが、文科省の旧庁舎の階段の内側のすり減り具合も、長年の先輩の「汗と涙と根性」が通り過ぎて行ったはず。

大手町時代

今は文科省も新庁舎だが、改築当時は大手町に移住した。昔の三菱重工のビルで、先方が品川に行ったのでその空き家を借りていた（現在はまた戻った）。昔の過激派の「爆破事件」があったところで、変に懐かしかったのを覚えている（今の若い人たちは全く知らないでしょう）。役所の環境が影響していると思うのは、若いお嬢さんたち（非常勤の職員）から、大手町時代がおしゃれで良かったという話を聞いたとき。確かに霞が関では、職員はドブネズミ色の背広ばかりで華やかさの欠片もない。レストランだって洒落たのは大手町だ。

今の庁舎で高層ビルになったのは良いが、前面のかつての正面は遺跡が出たとかで文化庁が壊すのに反対。それならお前たちがそこに残れば良いということで、文化庁は残っている。廊下がシーンとしていてちょっと寂しい。ドアに窓がないし、灰色で、まるで刑務所風（入ったことはないが）。今度は京都に移転するから、現地では木造の寺院風か平安風の庁舎にしたらいい（というのは冗談だが。しかし何で移転しなければならないの？　当時の大臣の点数稼ぎとしか思えない（邪推）。唯一のメリットは舞妓さんと会えることか）。

三階に大臣室があって、今は一般公開されている。昔入ったことを思い出して懐かしい。給食の歴史などが展示してあって、それも面白い。旧正面玄関は風格があって、残しているのは正しい選択だろう（東京駅前の東京中央郵便局跡のＫＩＴＴＥビルみたい）。これからの文科省も時代の流れと共に変化進展していくのでしょうね。役人の劣化ともいわれているけど、非難するばかりの野党やマスコミに負けずに、国家、国民のために大局的な政策を進めていってほしい。何せ「国家百年の大計」を担う官庁なのだから。

秘書官体験のすすめ

「秘書官体験のすすめ」というコラムが新聞にあった（読売、令和二年十二月二十九日）。要は若手のキャリアに週に二日だが交代で「秘書官」体験をさせているという話である。大臣室に入ることはまずない若手に、生の政策決定の過程を垣間見るチャンスをあたえようという試み。体験者一九人の感想が「視野が広がった」「仕事の意義を感じた」など好評だったそうだ。最近の若手官僚の離職傾向に「高い志で入省した若手が意欲を保てるようにする」試みとしてこの記事は評価する。大臣の言が「今の仕事の先に何があるのかを観て、明るい将来像を描いてほしい」とあったが、同感だ。誰のアイデアか知らないが、地方や出先で管理職になる前に、このような体験ができる今は良い時代なのだろう。過去官僚としてはちょっぴり希望の持てる明るい話題だと思う。

『果断―隠蔽捜査2』（今野敏著・新潮文庫）

小説の宣伝ではないですぞ。

主人公はキャリアの警察官僚。その中から引用する。「国家公務員というのは、国のために己を捨てて働くべきだ。いわば、戦国武将のようなものなのだ」、「家庭のことに煩わされていては、思う存分働くことはできない。それ故に、妻の役割は大きい……」「警察庁時代には残業など当たり前で、家に帰れないことも少なくなかった。省庁のキャリア官僚は誰でもそうだ」。また、このシリーズの三では「公務員にとって出世は大切だ。出世すればそれだけ権限が増える。つまり、できることが増えるからだ」というのもある。もっともバブル時代に、出世したら所期の志を忘れ汚職にまみれた隣の役所の局長氏がいて大スキャンダルになったことがある。自戒が必要だ。

本書のねらい

執筆の動機の一つは、現在霞が関で働く若手の方々に、初心を忘れず希望をもって国や国民のために働いてほしいことを伝えたかったからです。昔もオーバーワークや理不尽なことが多かったけれど、それを笑いとばして頑張ってほしい。

今時は、ひたすら精神論か時代錯誤に聞こえるだろう。若い方々には通用しないかもしれないが、せめて、身体を壊さない程度に、家庭サービスもしながら、常に頭の片隅でもお国のために仕事をやっていてほしいと思う。ＯＢの一人として駄文を連ねて申し訳ない（反省しつつ激励したい）。

謝辞

出版にあたり、採算を度外視して出版を決断していただいたジアース教育新社の加藤勝博社長及びこのような無駄話と読んでも読んでもなくならない校正にお付き合いいただいた編集部の中村憲正さんに御礼を申し上げます。また、楽しいイラストを提供いただいた幸田真奈さん、小林桃子さんに感謝を伝えたいと思います。

文科省内外、昼といわず夜の街でも、（故人を含む）上司や部下の噂や愚痴を話していただいた先輩、後輩、その他関係者の皆様に篤く御礼を申し上げます。

文部科学省年表（主な法律と中教審・臨教審答申）

これをながめて気がついたのは、中央教育審議会の格下げという感想。政府の「教育再生実行会議」があって、自民党には「教育再生実行本部」が別にあり、中教審はその追認と実施を文科省としてオーソライズするだけの委員会に成り下がっているのではないか。このような流れは、実は臨時教育審議会が政府に置かれて以来の傾向に思える。

そもそもは、省庁再編時に各省の審議会が一本化されたので、高等教育でいえば大学審議会が中教審の大学部会になってしまい、その答申は中教審で審議（追認）される。その結果、中教審の答申が、ある時点から非常に小粒なものになってしまっている。

もう一つ、今から考えるといわゆる「四六答申」の将来を見据えた構想力に感心させられる。今の国立大学の「再編」がこの延長線上にあるのがわかる。臨教審の提言にも取り入れられたものもあり、その先見に今更ながら納得させられた。

第二次世界大戦後から昭和時代後期～平成時代

戦争によって疲弊した国土を再建し、民主的で平和な国家を創造することが目指される。教育の機会均等と男女共学を原則とし、アメリカに倣った自由主義教育が導入された。

昭和二十一年（一九四六年）

日本国憲法が公布

教育を受ける権利、保護する子女に対し教育を受けさせる義務、義務教育の無償（以上、二六条）

国による宗教教育の禁止（二〇条三項）

公の支配に属しない教育に対する公金支出の禁止（八九条）などを定める。

昭和二十二年（一九四七年）

旧教育基本法、学校教育法を公布

義務教育は九年（小学校六年、中学校三年を卒業するまで。）

旧制大学は新制大学へ、旧制中学校は中学校と高等学校へ、国民学校は小学校へ、それぞれ変わった。いわゆる、「六・三・三・四制（小学校六年・中学校三年・高等学校三年・大学四年）」への移行（初等教育課程六年間・前期中等教育課程三年間・後期中等教育課程三年間・高等教育課程四年間）。

一九四八年（昭和二十三年）

市町村立学校職員給与負担法、私立学校法を公布する

地方学事通則を廃止し、教育委員会法を公布する（教育委員公選制の実施）。

昭和二十四年（一九四九年）

教育公務員特例法、教育職員免許法、社会教育法を公布する。

昭和二十六年（一九五一年）

国際連合教育科学文化機関（ユネスコ）に加盟する。

昭和二十七年（一九五二年）
ユネスコ活動に関する法律を公布し、日本ユネスコ国内委員会を設置する。

昭和二十八年（一九五三年）
中央教育審議会が第一回答申「義務教育に関する答申」をまとめる。

昭和二十九年（一九五四年）
教員の政治的中立性維持に関する答申（第三回答申（昭和二十九年一月十八日））
義務教育学校教員給与に関する答申（第五回答申（昭和二十九年八月二十三日））
特殊教育ならびにへき地教育振興に関する答申（第七回答申（昭和二十九年十二月六日））

昭和三十一年（一九五六年）
教育委員会法を廃止し、地方教育行政の組織及び運営に関する法律を公布する（教育委員公選制の廃止）。
短期大学制度の改善についての答申（第一三回答申（昭和三十一年十二月十日））

昭和三十三年（一九五八年）
教員養成制度の改善方策について（答申）（第一六回答申（昭和三十三年七月二十八日））

昭和四十六年（一九七一年）
今後における学校教育の総合的な拡充整備のための基本的施策について（答申）（第二二回答申（昭和四十六年六月十一日））

中央教育審議会四十六年答申
中央教育審議会は、昭和四十六年六月、「今後における学校教育の総合的な拡充整備のための基本的施策について」を答申した。この答申は、明治初年と第二次大戦後に行われた教育改革に次ぐ「第三の教育改革」と位置付け、学校教育全般にわたる包括的な改革整備の施策を提言している。

答申の背景としては、一つには、社会の急速な進展と変化が学校教育に多くの新しい課題を投げ掛けていたことであり、もう一つは、高等学校及び大学への進学率の上昇やベビーブーム世代の到来による急速な量的拡充が教育の多様化を要請し、学校教育の在り方の見直しが求められるようになったことである。このような動きは既に三十年代から始まり、中央教育審議会は、三十八年には、「大学教育の改善について」の答申を行い、産業・経済及び科学技術の発展や、高等教育の対象が選ばれた少数者から能力、適性等において幅のある階層へと変わったことに対応し、高等教育も多様化を進めるとともに、高等教育の計画的整備を図る必要があることなどを提言している。また、四十一年には、「後期中等教育の拡充整備について」の答申を行い、高等学校進学率の上昇に伴い、生徒の能力や将来の進路に応じた教育が行われるよう教育内容を多様化する必要があることなどを提言した。

これらの答申の考え方を引き継ぎつつ、中央教育審議会では、四十二年以来四年の歳月をかけて、就学前から高等教育までの学校教育全般について検討し、四十六年答申として多岐にわたる事項について答申した。およそこの種の包括的な課題について検討するとき、その答申事項は性格的に多岐にわたるが、今、答申事項を概念的に分類すると、三つの類型が考えられる。一つは四・五歳児から小学校低学年までを一貫する学校や中学校と高等学校を一貫する学校の設置等初等中等教育の学校体系の改革に関する先導的試行や高等教育機関の種別化・類型化による高等教育の多様化のように従来の基本的な制度や仕組みを組み替える改革である。二つ目は幼稚園教育の普及や特殊教育の充実等のように教育の機会均等の実現を図るなど一層の量的拡充方策とも言うべきものである。五十一年に初めて策定された高等教育計画も大学の規模、適正配置等の観点から計画的に整備する拡充方策の一つと言えよう。三つ目は、教育の質にかかわるもので、教育課程や教育方法の改善、教育条件の水準維持、教員の養成・研修・待遇改善等がこれに当たる。学校の管理運営体制の改善等も教育の質の向上の類型に入ると言えよう。

昭和四十九年（一九七四年）

学校教育の水準の維持向上のための義務教育諸学校の教育職員の人材確保に関する特別措置法（人確法）を公布する。

昭和五十年（一九七五年）

私立学校振興助成法を公布する。

昭和五十六年（一九八一年）
生涯教育について（答申）（第二六回答申（昭和五十六年六月十一日））

臨時教育審議会
（教育改革を目的に設置された内閣総理大臣直属の諮問機関。略称は臨教審。一九八〇年代から受験競争の過熱化、青少年非行の増加、校内暴力、いじめ、不登校などに代表される教育環境の荒廃、学歴社会の弊害などが社会問題となった。一九八四年に中曽根康弘首相の主導のもと，長期的展望に立った教育改革に取り組むため臨時教育審議会が設置された。文部省所轄ではなく内閣直属のかたちをとり，その委員の大部分は教育関係者以外から選ばれた。一九八五年から一九八七年までの三年間に四次にわたる答申を提出し，解散した。二十一世紀に向けた教育のあり方を展望し，「個性重視の原則」のもと，「生涯学習体系への移行」を主軸とした教育体系の再編，「国際化，情報化等変化への対応」をうたい，従来の画一的な教育や学校中心主義的な教育からの脱却を提言した。答申に基づき，（1）学習指導要領の全面改定，中高一貫の六年制中等教育学校の創設，新規採用教員を対象に一年間の初任者研修制度を創設，大学入試センター試験の実施，（2）単位制高等学校の制度化など種々の法整備，（3）高等学校における留学制度の設置，などが具体化された。
（出典　ブリタニカ国際大百科事典 小項目事典）

答申
昭和五十九年九月第一回総会が総理官邸において開催され、諮問は「我が国における社会の変化及び文化の発展に対応する教育の実現を期して各般にわたる施策に関し必要な改革を図るための基本的方策について」という包括的な課題の下に行われた。
審議に当たっては、運営委員会と四部会が設置され、各部会は、第一部会「二十一世紀を展望した教育の在り方」、第二部会「社会の教育諸機能の活性化」、第三部会「初等中等教育の改革」、第四部会「高等教育の改革」を審議事項として検討に入った。
その後の全体的な歩みとしては、第一次答申が六十年六月、第二次答申が六十一年四月、第三次答申が六十二年四月、第四次答申が六十二年八月にそれぞれ行われ、同年八月二十日で設置期間満了となった。この間、「審議経過の概要」その四までの公表、会議の開催は総会九〇回を含めて六六八回、公聴会は全国各地で一四回、団体・有識者からのヒアリング四八三人という精力的な活動を展開した。また、審議の経過が積極的に国民に公開され、教育改革に対する国民的な関心を高め、論議を呼び起こした。

臨時教育審議会の四次にわたる答申は、文部省に置かれた各種の審議会等において検討されていた教育改革に関する従来の意見等を集約したものであると同時に、単に文部省だけでなく政府各省にまたがるものも含め、第三者的立場から多岐にわたる課題を審議し、集大成したものである。臨時教育審議会が総理府に設置され、この審議会が内閣総理大臣の諮問機関であったことにもより、その答申については内閣全体として責任を持って対応することとなり、予算編成にも大きな影響を与えた。

四次にわたる答申の内容を見ると、六十年六月の第一次答申は、教育改革の基本方向と審議会の主要課題を検討し、当面の具体的改革として、(1)学歴社会の弊害の是正、(2)大学入学者選抜制度の改革、(3)大学入学資格の自由化・弾力化、(4)六年制中等学校の設置、(5)単位制高等学校の設置について提言した。

次に、六十一年四月の第二次答申は教育改革の全体像を明らかにしたものであり、(1)生涯学習体系への移行、(2)初等中等教育の改革（徳育の充実、基礎・基本の徹底、学習指導要領の大綱化、初任者研修制度の導入、教員免許制度の弾力化）、(3)高等教育の改革（大学教育の充実と個性化のための大学設置基準の大綱化・簡素化等、高等教育機関の多様化と連携、大学院の飛躍的充実と改革、ユニバーシティ・カウンシルの創設）、(4)教育行財政の改革（国の基準・認可制度の見直し、教育長の任期制・専任制の導入など教育委員会の活性化）などを提言している。

さらに、六十二年四月の第三次答申は、第二次答申で残された重要課題を取り上げたものであり、生涯学習体系への移行のための基盤整備、教科書制度の改革、高校入試の改善、高等教育機関の組織・運営の改革、スポーツと教育、教育費・教育財政の在り方などについて提言している。

六十二年八月の第四次答申は、最終答申として、文部省の機構改革（生涯学習を担当する局の設置等）、秋季入学制について提言するとともに、これまでの三次にわたる答申の総括を行い、改革を進める視点として、次の三点を示した。その第一は個性重視の原則である。審議会発足当初、いわゆる教育の自由化をめぐって意見が交わされたが、自由化というよりは個性重視という表現に固まり、答申では、画一性、硬直性、閉鎖性を打破して、個人の尊厳、自由・規律、自己責任の原則、すなわち「個性重視の原則」を確立することであるとしている。第二は生涯学習体系への移行であり、学校中心の考え方を改め、生涯学習体系への移行を主軸とする教育体系の総合的再編成を図っていかなければならないとしている。すなわち、学校教育の自己完結的な考え方から脱却し、人間の評価が形式的な学歴に偏っている状況を改め、これからの学習は、学校教育の基盤の上に各人の責任において自由に選択し、生涯を通じて行われるべきものである、と述べている。第三は変化への対応であり、中でも、教育が直面している最も重要な課題は国際化並びに情報化への対応であることを指摘している。（文科省説明）

平成三年（一九九一年）
新しい時代に対応する教育の諸制度の改革について（答申）（第一九回答申（平成三年四月十九日））

平成六年（一九九四年）
総合学科の制度化、高等学校設置基準改定

平成八年（一九九六年）
文部省　審議会答申等（二十一世紀を展望した我が国の教育の在り方について（第一次答申（平成八年七月十九日））

平成九年（一九九七年）
二十一世紀を展望した我が国の教育の在り方について（中央教育審議会第二次答申）（平成九年六月二十六日））

平成十年（一九九八年）
今後の地方教育行政の在り方について（中央教育審議会 答申（平成十年九月二十一日））

平成十一年（一九九九年）
初等中等教育と高等教育との接続の改善について（答申（平成十一年十二月十六日））

平成十三年（二〇〇一年）
文部科学省設置法
中央省庁再編により、文部省と科学技術庁を併せて、文部科学省を設置する。

平成十四年（二〇〇二年）	新しい時代における教養教育の在り方について（答申（平成十四年二月二十一日））
平成十五年（二〇〇三年）	国立大学法人法を公布する。
平成十七年（二〇〇五年）	我が国の高等教育の将来像（答申（平成十七年一月二十八日））
平成十八年（二〇〇六年）	教育再生会議を設置する。改正教育基本法を公布する。
平成十九年（二〇〇七年）	改正教育職員免許法を公布し、教員免許更新制を定める（施行は二〇〇九年（平成二十一年））。全国学力・学習状況調査の実施。
平成二十年（二〇〇八年）	教育再生懇談会を設置する。
平成二十六年（二〇一四年）	新しい時代にふさわしい高大接続の実現に向けた高等学校教育、大学教育、大学入学者選抜の一体的改革について（答申（平成二十六年十二月二十二日））（中教審第一七七号）
平成二十九年（二〇一七年）	専門職大学設置基準の制定等について（答申（平成二十九年八月二十三日））（中教審第二〇二号）

参考文献

・広田照幸・伊藤茂樹『教育問題はなぜまちがって語られるのか?』日本図書センター
・藤田英典『安倍「教育改革」はなぜ問題か』岩波書店
・辻田真佐憲『文部省の研究』文春文庫
・岡田和樹・斎藤浩『誰が法曹界をダメにしたのか』中公新書ラクレ
・瀬木比呂志『絶望の裁判所』講談社現代新書
・千正康裕『ブラック霞が関』新潮新書
・青木栄一編著『文部科学省の解剖』東信堂
・青木栄一『文部科学省』中公新書
・松本清張『落差』角川文庫
・今野敏『隠蔽捜査シリーズ』新潮文庫
・寺脇研『文部科学省』中公新書ラクレ
・門井慶喜『東京、はじまる』文芸春秋
・幸田真音『財務省の階段』角川書店
・國分正明『ひとつの人生の棋譜』悠光堂
・NHK取材班『霞が関のリアル』岩波書店
・文科省ホームページ
・その他、噂話、嘘話、まことしやかな話、逸話、裏話、うちあけ話、内輪話、おとぎ話、落とし話、会話、楽屋話、奇話、幽霊話、奇談、講話、小話、こぼれ話、神話、情話、世間話、説話、世話、挿話、対話、談話、痴話、通話、作り話、電話、童話、独話、一口話、秘話、民話、昔話、無駄話、四方山話、余話、笑い話……といったものなどを参照しました(冗談)。

《著者紹介》

木埜　有（きの・ゆう）

昭和二十年代の生まれ。いわゆる団塊の世代の一人（大学紛争時にヘルメットとゲバ棒で機動隊とやり合ったが逮捕されなかったのは内緒である）。

国家公務員上級職（甲）に合格。文部省（現「文部科学省」）に入省。複数の局を経験の後、県の教育委員会の課長、在外公館にも勤務（本省は、今から思えばブラック企業で残業時間は月に二、三百時間のときもあったが半分楽しむ。海外赴任は、のんきに暮らすが語学が不得手で役立たず）。本省で課長となるが、気に入らない上司に疎まれ左遷の憂き目に遭う。その後、省庁再編でできたどさくさのポストを経た後退官。天下り（当時はＯＫ）で外郭団体の理事や民間会社の顧問を経て、某私大の教授となる。また頼まれた公益財団の評議員などをボランティアで務める。当該大学で教科書を数冊出版するかたわら評論や批評を積極的に発表。第六回「ユーモア＆辛口エッセイ賞」にノミネートされたが惜しくも当選を逃す（応募が本書の一件だけだった）。著書多数。

馬齢を重ねたので後進に道を譲り、年金生活に入るも（公務員バッシングのあおりの年金制度改悪（？）の結果）年金のあまりの少なさに落胆し、小説家になることを決心（肩書きは「作家」か「名誉教授」のいずれにするか思案中。外向きには「隠居」と名乗りたい）。文庫本を数冊出すと印税生活ができるとの噂を目標に、今や執筆に邁進の日々を送る（○川書店さま、△波書店さま、□潮社さまよろしくお願いします）。

（以上、嘘かつジョークである）。

虎ノ門物語

令和3年8月30日　第1版第1刷発行

著　者　木埜　　有

発行人　加藤　勝博

発行所　株式会社ジアース教育新社

〒101-0054

東京都千代田区神田錦町 1-23　宗保第2ビル

TEL　03-5282-7183

FAX　03-5282-7892

URL　https://www.kyoikushinsha.co.jp/

DTP　株式会社創新社

カバーデザイン　土屋図形株式会社

表紙イラスト　幸田　真奈

イラスト　小林　桃子

ISBN 978-4-86371-596-7 C0093

○定価はカバーに表示してあります。

Printed in Japan